CHAT ÉCHAUDÉ

LES ASSASSINS À MOUSTACHES, TOME 4

SKYE MACKINNON

Traduction par
LORRAINE COCQUELIN , VALENTIN TRANSLATION

Peryton Press

RÉSUMÉ

Toutes les batailles ne se mènent pas l'épée à la main…

Le monde de Kat a changé de manière drastique. Sa maison n'existe plus, son entreprise a été détruite et sa confiance en elle est mise à rude épreuve.

Elle a l'habitude de régler les problèmes — en les tuant, généralement —, mais gérer à la fois ses nouvelles sœurs, des ennemis mystérieux et trois hommes à l'odeur délicieuse, c'est un peu trop, même pour elle.

Le temps est venu d'astiquer ses griffes pour se forger une vie différente… avec quelques meurtres quand même, manifestement.

Quatrième livre de cette série d'urban fantasy excitante et ronronnement menée. Un harem inversé slow burn, où Kat n'a pas besoin de choisir.

NOTE DE L'AUTEURE

Comme vous le savez après les trois tomes précédents, cette histoire se déroule dans un monde très semblable au nôtre, avec quelques changements de taille. La technologie ne s'est pas développée de la même manière, donc si vous trouverez des appareils qui vous sont familiers, tels que les télévisions, il n'y a pas de téléphones portables, de voitures ou d'Internet. Pas d'armes à feu non plus.

Pour connaître toutes les mises à jour, vous pouvez souscrire à la newsletter de Skye : skyemackinnon.com/francais.

DANS LES TOMES PRÉCÉDENTS...

Kat est une tueuse qui dirige l'entreprise *M.I.A.O.U.* avec l'aide de ses amis : Lily, une succube, Bethany, une experte en poisons, et Benjamin, un voleur. Alors qu'elle résolvait le mystère du meurtre d'un propriétaire de confiserie, elle a retrouvé son vieil ami Lennox, un loup métamorphe, et rencontré l'énigmatique Gryphon, dont elle a découvert plus tard le statut de siren. C'est une information d'importance, puisque c'est cette espèce qui administre en secret la ville, mais aussi la Meute, la mafia d'assassins au sein de laquelle a grandi Kat. Tandis qu'ils cherchaient qui avait commis le meurtre, Kat et son équipe sont tombés sur les Crocs, une organisation criminelle qui contrôlerait l'essentiel du pays, même si très peu de personnes ont entendu parler d'eux.

Kat a eu l'idée ingénieuse d'employer la population féline locale pour l'aider à résoudre des crimes et espionner les gens. Les chats sont dirigés par le majestueux Ryker, qui s'est avéré être un métamorphe. Elle s'est peu à peu rapprochée de lui quand il a enfin découvert comment se transformer en humain, mais il n'est pas le seul. Lennox l'a revendiquée comme sa compagne, et Gryphon l'a séduite avec sa magie de siren. Tout à coup, voilà que trois hommes se disputent son attention, tandis qu'elle essaie dans le même temps de comprendre son passé.

Elle a grandi au sein de la Meute, qui l'a forcée à devenir un assassin, l'a maltraitée et l'a contrôlée avec un collier. Kat, qui a toujours cru que sa mère l'avait abandonnée à ce sort, a appris depuis qu'elle est en réalité un clone, un parmi neuf autres, et que la femme qu'elle pensait être sa mère était en fait le modèle original. Kat a tué Jacqueline Fitzroy – alias Mamie Docteur –, la scientifique qui l'a conçue, et mis le feu au laboratoire. Bien qu'elle ait été un peu blessée dans la manœuvre, elle a guéri depuis et peut à nouveau parler en langage humain.

Dans les dossiers qu'ils ont volés au laboratoire, ils ont découvert qu'il y avait eu cinquante-trois embryons de clones, dont seulement dix qui ont survécu au-delà d'un an – oui, Fitzroy a menti à ce sujet. Le but du clonage était de créer un félin métamorphe obéissant mais mortel, qui n'avait pas besoin d'un collier pour être contrôlé. Pour ce faire, une drogue a été administrée à tous les félins, et Bethany essaie de déterminer de quoi il était question. Cela a peut-être un lien avec les souvenirs manquants de Kat… Le deuxième scientifique qui travaillait sur le projet, le professeur Lakefield, s'est avéré être le mystérieux bienfaiteur de Kat, qui l'a libérée de son collier… ce qui n'était qu'un mensonge, encore une fois, puisqu'il ne s'agissait que d'une expérience.

Kat s'occupe désormais de l'un des clones, Mini-Kat, mais huit autres sont toujours dans la nature, à moins qu'elles n'aient péri entre-temps.

La Meute s'est vengée de *M.I.A.O.U.* en détruisant leur laboratoire et en kidnappant Benjamin et Gryphon. Elle a créé de nouveaux hybrides métamorphes, capables de guérir à une vitesse fulgurante. Kat a réussi à en tuer certains, mais Ryker et elle se sont ensuite fait enlever. Torturée, affamée, Kat est parvenue à s'enfuir, plus forte que jamais. Son côté sauvage a pris le dessus, la plongeant dans une folie meurtrière jusqu'à ce qu'elle retrouve Ryker. Gryphon manquait toujours à l'appel, alors elle l'a pisté et repéré au sein de la Meute, où il se déplaçait en toute liberté. Les avait-il trahis ? Kat l'a confronté et s'est retrouvée attachée à un nouveau collier et menée devant les dirigeants de la Meute. Tout n'était cependant qu'une ruse, et, ensemble, Kat et Gryphon les ont tous tués.

Malheureusement, la Meute a détruit le siège de *M.I.A.O.U.*, si bien qu'ils doivent désormais vivre dans une roulotte. Ils ont perdu tout ce qu'ils possédaient, y compris les recherches récupérées dans le labo de la Meute, alors il leur manque encore un tas de réponses. À la fin d'*Attrape-chat*, deux clones sont apparus devant la porte de Kat... Reprenons l'histoire à partir de là.

PROLOGUE

Ils nous ont faites en même temps. Comme des jumelles.

Nous sommes identiques.

Complètement.

Je sais ce qu'elle pense…

… avant moi. Et je ris de ses blagues…

… avant que je n'aie fini ma phrase.

Nous sommes identiques.

C'est pour cette raison qu'ils nous ont créées ensemble.

Ils voulaient voir à quel point nous nous ressemblerions si nous grandissions dans le même environnement.

Mais ils ne s'attendaient pas à ce que nous soyons si proches.

L'originale était asociale. Ils pensaient que nous nous détesterions.

Au contraire, nous sommes devenues une seule personne.

Être séparées était… est horrible.

C'était une expérience. Nous installer dans des villes différentes.

Si loin l'une de l'autre.

Mais je la sentais.

J'entendais toujours ses pensées.

Et nous avons mis au point un plan pour nous échapper.

Ils n'ont jamais su que nous pouvions communiquer à distance.

Nous avons tout fait pour qu'ils ne l'apprennent jamais.

Après notre fuite, nous nous sommes retrouvées.

Nous sommes bien plus que deux parties d'un tout.

Tellement plus.

Nous savions qu'il y en avait d'autres, mais ne parvenions pas à les entendre comme nous nous percevions l'une l'autre.

Nous les avons cherchées. Nous en avons découvert une, mais trop tard.

Elle était trop jeune pour mourir. Ils vont payer pour ça.

Oui, ils vont payer.

Désormais, nous en avons trouvé une autre.

La première. La plus vieille.

Elle a commencé la bataille ici, dans cette ville où nous avons été créées…

… mais elle ne connaît pas tout le tableau. Elle n'a pas encore compris…

… combien les racines sont profondes.

Nous devons le lui dire avant qu'il ne soit trop tard.

Elle n'est pas seule. Les autres risquent de la distraire.

Notre priorité, c'est elle. S'ils se mettent en travers de nos plans…

… nous les éliminerons.

CHAPITRE 1

Les deux filles sont assises sur le canapé, cuisse contre cuisse, les mains entrelacées. J'ai l'impression de voir dans un miroir mon moi d'il y a six ans. En double. Leur similarité est assez déconcertante. Non seulement l'une avec l'autre, mais également avec moi.

Mes sœurs. Elles se sont présentées sous les noms « Quatre et Cinq », bien que Cinq se fasse aussi appeler Ivy. Elles n'ont pas dit grand-chose de plus, et j'ai été trop occupée à les dévisager pour entamer la conversation. Tous les autres font la même chose, les fixant d'un air surpris et troublé.

Aucun de nous ne s'attendait à ce que ce soit les clones qui nous trouvent.

— Jolie roulotte, déclare Ivy à un moment donné.

Même sa voix est exactement comme la mienne, bien qu'elle ait un léger accent que je ne parviens pas à situer.

— Ce n'est que temporaire, dis-je, distraite par toute cette scène. Notre maison a été incendiée.

— La Meute ? demande Quatre.

J'opine.

— Ils n'ont pas aimé qu'on mette le feu à leurs labos.

Les deux filles échangent un regard et un sourire.

— On se disait bien que ça pouvait être toi, commente Ivy, amusée. Nous étions au courant de ton existence, mais comme tu travaillais avec Lakefield, nous ne savions pas de quel côté tu étais.

Lakefield. L'Homme Mystère. Je ne me suis toujours pas remise de cette traîtrise. L'homme auquel je pensais pouvoir faire confiance, qui m'a sauvée de la Meute d'après ce que je croyais, était en réalité l'un de mes créateurs.

— Ne vous en faites pas, il est mort, craché-je. Je ne travaillais pas du tout pour lui, il m'a trompée.

Quatre hoche la tête.

— C'est bien son genre. *C'était* bien son genre. Nous étions contentes d'apprendre sa mort.

— Vous semblez très bien informées, toutes les deux, fait remarquer Gryphon, assis sur le meuble de la cuisine, jambes pendantes.

— C'était nécessaire, répondent les deux comme une seule personne.

D'accord, c'est flippant.

— Nous nous sommes échappées il y a deux ans, explique Quatre. Nous sommes en fuite depuis. Connaître les projets de nos ennemis, c'est ce qui nous a permis de survivre.

— Nous voulions le tuer depuis des années, ajoute Ivy. Mais il aurait fallu pour ça que nous nous montrions au grand jour, et nous n'étions pas encore décidées à le faire. Nous le sommes, maintenant. Nous nous sommes entraînées, nous avons rassemblé un maximum d'informations. Nous sommes prêtes à nous battre.

Les dossiers sur les clones ne mentionnaient les jumelles qu'une seule fois, et, si l'on s'y fie, ces filles n'ont que quatorze ans. Elles se comportent comme si elles étaient plus âgées, d'une certaine façon. Fliiiiiippant. Ce sont mes sœurs, et je devrais sans doute éprouver une sorte de lien instantané avec elles, mais pour l'instant, j'hésite à me confier à elles. Cela pourrait être une ruse. Rien ne dit qu'elles ne sont pas entre les mains de la Meute. K4 et K5, ça signifie qu'il y avait deux autres clones entre elles et moi. Donc un tas d'opportunités pour les scientifiques de la Meute de peaufiner leurs méthodes, de rendre les clones plus obéissants. Elles sont peut-être venues me tendre un nouveau piège, et je refuse de tomber dedans.

Lily les observe avec curiosité.

— Comment peut-on vous distinguer ? Vous avez une tache de naissance, un truc comme ça ?

Les filles sourient et échangent un nouveau regard joyeux.

— C'est impossible, réplique Quatre, amusée. Quand nous étions dans la Meute, ils mettaient des numéros sur nos tee-shirts et nous obligeaient à porter nos cheveux de deux longueurs différentes. Maintenant, nous tirons profit du fait d'être jumelles. Personne ne peut nous distinguer.

Je ne dis rien. Je pense pouvoir le faire. Pas par l'apparence, mais par l'odeur. Bien que les leurs soient remarquablement similaires, celle d'Ivy est légèrement plus sucrée.

— Est-ce que vous vivez en ville ? intervient Bethany.

Je suis contente que mon équipe se charge de l'interrogatoire. Je suis bien trop perturbée pour faire autre chose que regarder et écouter.

Quatre hoche la tête.

— Nous sommes revenues il y a trois mois. Quand nous nous sommes échappées, nous nous sommes éloignées le plus possible, mais nous en avons eu marre d'être des proies. Nous avons décidé qu'il était temps de rentrer et de faire quelques dégâts. Nous avons traqué ceux qui nous ont fait ça.

— Qui vous ont fait quoi ? les questionne Bethany en se penchant vers elle, intéressée.

Avec ses mains croisées sous son menton, elle me fait penser à un inspecteur interrogeant des suspects, dans le rôle du gentil flic. C'est très différent de son attitude habituellement grincheuse et ennuyée.

Les jumelles me regardent droit dans les yeux.

— Les souvenirs, dit Ivy en faisant une petite grimace. Est-ce qu'il t'en manque, Kat ?

C'est la première fois qu'elles se servent de mon prénom. Un frisson me parcourt l'échine. Cela me paraît très étrange que ces versions de moi-même utilisent mon nom sans qu'il ne leur appartienne aussi.

— Je ne dirais pas qu'ils me manquent, répliqué-je, hésitante. J'ignorais même qu'ils avaient disparu jusqu'à ce que ce docteur affirme que je l'avais vu avant, mais que je ne pouvais pas m'en souvenir. Il m'a montré des photos de gens que j'aurais dû reconnaître, sauf que j'avais des blancs. Ce qui est étrange cela dit, c'est que je n'ai pas le *sentiment* que j'ai oublié quelque chose, si tu vois ce que je veux dire.

— Tu ne te souviens pas que tu ne te souviens pas, marmonne Quatre. C'est ça ?

— Exactement, acquiescé-je. C'est pareil pour vous ?

— Oui, mais il me manque moins de choses qu'à Ivy. Elle…

— J'ai oublié les sept premières années de ma vie, la coupe sa sœur. Voilà ce qu'ils m'ont fait. Ils m'ont pris mes souvenirs sans se donner la peine de les remplacer. Je sais qu'ils auraient dû se trouver là, parce qu'il y a comme un trou noir béant dans mon esprit. Quatre m'a dit ce qu'il s'est passé pendant ces années-là, mais même en le sachant, je ne parviens pas à me remémorer. Tout est parti, tout simplement.

Elle déglutit de manière visible.

— Je veux les retrouver.

Quatre serre la main de sa sœur.

— Et on va y arriver. Un jour.

Gryphon se racle la gorge.

— Les filles, désolé de vous décevoir : nous avons fait

flamber les labos de la Meute et tué pas mal de personnes qui y travaillaient.

— On sait, rétorque sèchement Ivy. Mais vous ne les avez pas tous détruits.

Je me redresse.

— Il y en a d'autres ?

— Oui. Nous en connaissons au moins un autre. On n'était pas assez fortes pour nous y rendre, mais avec vous de notre côté, ce sera plus sûr. C'est une garce, mais à nous trois, on peut la dominer, même elle.

— Qui est une garce ? demandé-je, alarmée.

Les jumelles échangent un regard.

— Elle n'est pas au courant, souffle Ivy, les yeux écarquillés. C'est tellement de bon augure…

— Tu en connais combien parmi nous ? me questionne Quatre avec hésitation.

— Mini-Kat, qui est K8, et maintenant vous deux. Nous comptions aller à la recherche des autres, mais la Meute a détruit notre QG, alors nous avons perdu toutes nos informations. Nous allons devoir tout reprendre à zéro. Encore.

Les filles échangent un nouveau regard. J'aimerais qu'elles arrêtent de faire ça. Cela me donne l'impression d'être une idiote, comme si je possédais la moitié des pièces du puzzle et qu'elles refusaient de me passer le reste.

— Nous pensions que tu en saurais plus à l'heure actuelle, déclare Ivy, sur un ton presque accusateur. Tu étais là alors qu'on n'était pas en ville. Tu avais tout l'avantage.

— Je ne suis sortie des griffes de la Meute que depuis quelques mois…

Je déglutis. C'est faux.

— Quelques jours, me corrigé-je. Je me croyais libre, mais en fait ils m'ont surveillée tout ce temps-là. Avant qu'on ne pénètre dans leur labo, je ne savais même pas que j'étais un clone, et encore moins qu'il y en avait d'autres. Je suis toujours en train de rattraper mon retard.

— On sait, réplique Ivy en levant les yeux au ciel. C'est pour ça qu'on ne t'a pas contactée plus tôt. On devait attendre que tu sois totalement libre.

Je la fixe.

— Donc vous auriez pu me contacter avant ? Et me dire que la Meute me surveillait ?

Elle hausse les épaules.

— Oui, mais nous étions occupées à pister les autres. Toi, nous savions où tu étais et que tu étais plus ou moins de notre côté. Tout est une question de priorité.

Elles sont censées n'avoir que quatorze ans, c'est bien ça ? Elles sont pourtant si blasées qu'elles semblent bien plus vieilles.

— Vous en connaissez combien ?

— Toi, K2 et K7. K3 et K6 sont mortes. Tu as dit que tu connaissais K8, donc il ne reste que les plus jeunes.

Elle n'a même pas cillé en déclarant que deux d'entre nous sont décédées. K3 et K6. Avaient-elles de vrais noms, au moins ? Avaient-elles eu un avant-goût de liberté ? Je préfère ne pas poser la question. Ce n'est pas le moment de m'attarder sur le passé. J'attendrai que nous ayons rasé entièrement la Meute pour faire mon deuil. D'ici là, je dois me concentrer sur le présent.

— Nous ignorons combien il y en a, intervient Quatre. Tu le sais, toi ?

— Le docteur Fitzroy m'a parlé de sept spécimens. Pourtant, dans les dossiers, dix… clones étaient mentionnés. Il y en a peut-être plus, mais partons du principe qu'il y en a au moins dix. Ce qui signifie que K9 et K10 sont peut-être encore vivantes. Qui est K7 ?

— Elle est… différente, répond Ivy avec hésitation. Elle est toujours avec eux. Nous ne sommes pas sûres de pouvoir nous occuper d'elle si nous la libérons.

— Différente comment ? l'interroge Bethany, qui m'ôte les mots de la bouche.

— C'est difficile à expliquer. Un instant, elle va être une enfant normale, le suivant, elle devient sauvage et enragée. Puisqu'elle ne porte pas de collier, on pense qu'ils lui ont fait quelque chose pour la mettre dans cet état.

Je frémis à cette idée. Encore une de plus parmi nous dont l'avenir est détruit.

— Où est-elle en ce moment ?

— À Attenburgh. Ils ne se font pas appeler la Meute là-bas, mais c'est plus ou moins pareil.

— Je connais des gens puissants là-bas, intervient Gryphon. Ils sont malveillants. Même mon père essaie de ne pas faire d'affaires avec eux s'il peut l'éviter.

Des sirens que les autres sirens craignent. Ce n'est pas bon.

— Nous devrons la libérer un jour, déclaré-je en repoussant le tremblement qui tente de se glisser dans ma voix. Et détruire ceux qui la retiennent prisonnière. Nous devons nous assurer que plus personne n'ait l'opportunité de faire la même chose à d'autres. Faisons en sorte qu'ils soient les derniers.

Quatre hoche la tête.

— Tu as entendu parler des Crocs ?

— Malheureusement, oui.

Elle fait la grimace.

— Oui, je vois ce que tu veux dire. On ne les a découverts que récemment, mais il est clair que c'est eux qui tirent les ficelles. Même si on éradique la Meute ici et à Attenburgh, ils possèdent peut-être toutes les informations nécessaires pour faire du clonage. Nous devons remonter jusqu'à la source.

— C'est impossible, s'en mêle Beth. Personne ne sait où se trouvent les Crocs. Ils se cachent à la vue de tous. Il paraît qu'ils sont partout. Pour ce qu'on en sait, ils pourraient être n'importe où dans le pays. Même avec la meilleure volonté du monde, nous ne pourrons pas tous les tuer.

— Non, mais il existe peut-être un autre moyen, dit Gryphon lentement. Nous pouvons essayer de les infiltrer. De récolter des informations de l'intérieur avant de frapper.

Ivy éclate de rire.

— Puis nous repartirons tous à dos de licornes.

Elle se tourne vers moi.

— Ton équipe renvoie une mauvaise image de toi.

— Non, pas du tout. Montre-leur, Gryphon.

— Avec plaisir.

Il se lève et se racle la gorge. Sachant ce qu'il va arriver, je me prépare mentalement. Je ne veux pas retomber sous son enchantement et l'embrasser à nouveau. Ou le poignarder à nouveau, comme je l'ai fait la première fois qu'il m'a montré ses pouvoirs de siren.

Il ouvre la bouche et se met à chanter. La musique carillonne dans ma tête, et pas seulement la voix du siren : tout un orchestre. Je ferme les yeux et me laisse transporter par la beauté des instruments. Pour la première fois depuis des jours, je me détends. Je suis en sécurité. Aimée. Heureuse. Je ne résiste pas à la mélodie. Je pourrais, mais je n'en ai pas envie. Je m'en abreuve comme d'une drogue. Le bonheur est rare en ce moment, et ceci m'offre la chance de me sentir *bien*.

Des images apparaissent dans mon esprit. Gryphon me souriant. Ses fossettes. Ses yeux chaleureux. Un baiser, doux mais déterminé. Moi dans ses bras. L'amour dans ses caresses alors que ses mains parcourent mon corps.

La musique s'arrête sans prévenir, et j'ouvre les paupières. Tous les autres semblent ailleurs, heureux, sauf Quatre. Elle s'est jetée sur les genoux de Gryphon, une main sur sa gorge, les griffes sorties. Merde.

Elle se tourne vers moi, le visage tordu par la fureur.

— Tu as permis à l'un *d'eux* d'entrer chez toi ?

Je me lève et pose calmement la main sur la sienne,

l'écartant de Gryphon. Par chance, elle me laisse faire. Je n'ai pas envie de me battre contre ma sœur.

— Il n'est pas comme les autres membres de son espèce, lui expliqué-je gentiment.

Si je n'étais pas toujours d'humeur heureuse et détendue, j'aurais sans doute réagi différemment à sa menace contre l'un de mes hommes.

— Il est de notre côté et il l'a prouvé. Je lui fais totalement confiance.

Elle me toise.

— Tu n'es pas sérieuse. Il t'a enchantée.

Gryphon se marre.

— C'est plutôt elle qui m'a enchanté.

— Ce n'est pas le moment, grogne Ryker. Arrête de flirter avec Kat.

Ivy observe toutes les personnes de la pièce.

— Vous approuvez tous sa présence ici ? Vous lui faites confiance ?

Mon équipe acquiesce comme un seul homme. Je leur souris.

— Vous voyez ? Il fait partie de *M.I.A.O.U.* On ne peut pas choisir sa famille ni ses origines. Toutes les trois, nous devrions le savoir mieux que quiconque.

Quatre se trémousse pour m'échapper et rejoint sa sœur sur le banc.

— Ça veut dire quoi, d'ailleurs, « M.I.A.O.U. » ?

Je la laisse changer de sujet. Pour l'instant. Si elle attaque à nouveau Gryphon, je ne serai pas aussi clémente.

Lily ricane.

— Aucune idée.

— Comment ça, « aucune idée » ? s'étonne Ivy, incrédule. Qui a trouvé ce nom ?

Je lève la main en souriant.

— Moi ! J'ai juste ajouté les points récemment pour avoir

l'air plus professionnelle. L'idée de base, c'était d'appeler ça « miaou », le bruit que je fais quand je tue quelqu'un. Nous avons tenté plusieurs explications depuis, mais aucune n'a pris.

— Du genre ?

— Meurtre, Immolation, Anéantissement, Oppression, Usurpation, énumère Benjamin. C'est ma version préférée.

— Les Mecs Imbéciles Aggravent et Obstruent l'Univers, s'esclaffe Lily.

— Hé !

Benjamin agite la main. Elle se marre.

— Tu n'es pas un mec, réplique-t-elle, dédaigneuse. Tu es un garçon.

Bethany se racle la gorge.

— Mon Intellect Aime l'Opulence Uniquement. Ou « les Obsédés Uniquement », si on parle de Lily.

— Hé ! Je n'ai séduit personne depuis des siècles, rétorque l'intéressée en levant les yeux au ciel. J'ai été trop occupée à jouer avec des chattes.

Les jumelles nous fixent avec incrédulité.

— Vous êtes bizarres, constate Quatre.

J'éclate de rire, rejointe par mes amis. Oui, c'est vrai. Mais nous sommes *M.I.A.O.U.* Mort Intimée Aux Ordures Uniquement.

CHAPITRE 2

La roulotte n'est véritablement pas assez grande pour nous. Lily et Bethany partagent une petite chambre d'un côté, Benjamin dort sur l'un des bancs de la cuisine, et moi, je suis tassée contre Ryker, Gryphon et Lennox sur notre matelas géant. Nous devons nous trouver une vraie maison bientôt, mais pour l'heure, cela ne vaut pas le coup de nous installer quelque part alors que nous ignorons ce qu'il adviendra. La roulotte est mobile. Avec quelques chevaux, nous pourrons voyager jusqu'à Attenburgh ou n'importe quelle autre ville où nous aurions à nous rendre.

Les jumelles sont parties. Elles ont refusé de me dire où elles logent, m'informant simplement qu'elles reviendraient demain. Je comprends pourquoi elles ne me font pas confiance. Je ne leur fais pas confiance non plus, pour l'instant. Nous sommes peut-être identiques sur le plan physique, mais qui peut prédire ce qu'il se passe dans leurs têtes ? Si elles me ressemblent un tant soit peu, elles savent mentir et trahir. C'est assez flippant. Même si je préférerais qu'elles ne soient pas si dures, après avoir discuté avec elle, je pense qu'elles sont peut-être encore plus brisées que moi.

Ryker entoure mes épaules d'un bras et m'attire contre lui. Cédant à son désir, je me blottis contre lui. Lennox proteste en grognant et se rapproche de l'autre côté. Gryphon s'est déjà endormi à côté de Ryker, sinon il aurait sans doute essayé de se joindre à la session câlins.

Je n'ai jamais partagé le lit d'un homme que je venais de me taper. J'ai eu des relations sexuelles parce que j'avais des besoins à satisfaire, et que c'était sympa, aussi, mais je n'accordais pas grande importance au type rattaché au pénis enfoncé en moi. Désormais, j'ai trois hommes dans mon lit et aucune volonté de les en virer. Les choses évoluent tellement vite.

Depuis que je ne suis plus en chaleur, je n'ai plus ce besoin irrépressible de coucher avec mes hommes. Les câliner, profiter de leur proximité me suffit. Oui, j'ai changé. Je perds de ma dureté. S'il me reste une once d'instinct de conservation, je devrais prendre le large maintenant avant de m'attacher davantage.

— Ne fais pas ça, souffle Lennox.

— Quoi ?

— Je sais à quoi tu penses. Le bonheur t'angoisse. Tu veux fuir. Tu n'as pas envie de nous avoir si près de toi. Tu as peur qu'on franchisse les murs que tu as érigés autour de toi.

— Tu as tort, marmonné-je, même s'il a mis en plein dans le mille.

— Ah oui ? intervient Ryker doucement. Tu en es sûre ?

— Ne t'en mêle pas, toi aussi. C'est déjà suffisamment pénible quand le chien se montre sentimental.

Lennox grogne.

— C'est qui que tu traites de chien ?

Avec une rapidité certainement accrue par ses aptitudes de métamorphe, il me grimpe dessus et me coince sous lui. Je me débats, mais pas autant que je le devrais. Si je le voulais, je pourrais m'en aller sans problème. Cependant, j'ai envie de voir ce qu'il compte faire. Appelez ça de la curiosité professionnelle.

Mon pouls s'accélère et, pour une fois, je suis incapable de le contrôler. Ces garçons vont causer ma perte. S'ils franchissent les murs que j'ai érigés autour de moi, mes protections, je ne serai sans doute plus assez forte pour m'occuper de la Meute. Je dois empêcher ça. Sauver mes sœurs est plus important que mon propre bonheur.

Lennox se penche vers mes lèvres. Juste avant qu'il ne puisse les effleurer des siennes, je m'arcboute et l'envoie balader. À l'autre bout du lit. Il atterrit le dos contre la paroi et me fixe avec surprise. Oups. Je ne suis pas encore habituée à ma nouvelle force. J'ignore ce qu'il s'est produit dans la maison bleue avec Boris le scientifique, mais mon corps est bien plus puissant à présent. Un pouvoir pur pulse dans mes veines, ne demandant qu'à sortir. Je ne suis plus fatiguée.

Gryphon se redresse et se frotte les yeux.

— Kat ? Qu'est-ce qui se passe ?

Son inquiétude me donne envie de vomir. Je me lève tant bien que mal et fuis la pièce. Je traverse la cuisine et franchis la porte de la roulotte, jusqu'à sentir l'air frais de la nuit me balayer le visage. Je referme derrière moi, pour être sûre que personne ne me suive. J'inspire profondément et fixe le ciel moucheté. La roulotte étant garée en périphérie de la ville, nous sommes loin de toute pollution lumineuse. Je n'avais jamais vu autant d'étoiles depuis le QG de *M.I.A.O.U.*

Des bruits de pas à l'intérieur m'informent que je ne resterai pas seule longtemps. Putain. Pourquoi ne peuvent-ils pas me laisser tranquille ?

Je prends une nouvelle grande inspiration et me transforme. Cela me donne l'impression d'abandonner mon masque et de retrouver ma véritable peau. Je n'avais jamais réalisé l'énergie qu'il me faut dépenser pour garder forme humaine. Je n'ai pas encore eu l'opportunité de découvrir ce qu'il m'est arrivé dans ce labo, mais je commence à me dire qu'il serait temps que je m'en occupe très vite. Je suis plus forte, et plus sauvage. Je dois faire plus d'efforts pour contrôler mon tempérament félin.

Après que l'Homme Mystère – non, le professeur Lakefield – m'a retiré mon collier, il m'a fallu des semaines pour m'habituer à cette sensation de n'être plus captive. Au sentiment de liberté. Il semblerait que je doive passer par un processus similaire une nouvelle fois.

Je bondis et me mets à courir. Plutôt que d'opter pour les toits de la ville comme je le fais en temps normal, je choisis de m'éloigner des maisons et de m'enfoncer vers les champs et les arbres. Ce soir, j'ai l'impression d'avoir besoin de respirer. J'ai besoin d'espace, pas de rues étroites.

Je file sur le sol inégal en savourant les mouvements de mon corps. Mes muscles s'étirent et se relâchent, s'étirent et se relâchent. Le vent caresse ma fourrure noire qui me permet de me fondre dans la nuit. Je suis une machine à tuer efficace, faite de force et de violence. Ce soir, cependant, je ne compte assassiner personne. Je préfère courir et courir encore jusqu'à l'épuisement.

Ce sont les baisers matinaux du soleil qui me réveillent.

Non, attendez. C'est un chaton.

Elle me lèche le nez de sa langue râpeuse. Bizarre.

Je grogne, ce qui la fait reculer un peu. Cela dit, elle n'a pas du tout l'air effrayée. La plupart des chats auraient peur d'une panthère massive – pas elle. Bien que je ne l'aie jamais vue, elle porte l'odeur du groupe de Ryker. Il a accueilli non seulement les chatons dont Benjamin s'occupait dans notre maison, mais aussi quelques autres errants. On dirait qu'il ne peut pas s'en empêcher. Il a le cœur trop tendre.

— Va-t'en, grondé-je en posant une patte sur mes yeux.

Non pas que je sois toujours fatiguée ; simplement, je voudrais rester seule encore un peu plus. Je sens que ça va être le genre de journée où je n'ai envie d'aucune compagnie, qu'il s'agisse de chats ou d'humains. J'ai été bien trop entourée de monde ces derniers temps. Mon côté félin n'aime pas ça.

Elle ne m'obéit pas et s'allonge sur l'herbe humide, se blottissant contre moi. Sérieux ? J'ai perdu toute vibration intimidante ou quoi ?

— Va te faire voir, grogné-je.

— Quel langage, marmonne-t-elle de sa voix enfantine haut perchée. Ryker nous a dit de parler convenablement.

— Eh bien, Ryker peut embrasser mon cul poilu, pour ce que ça me fait.

— Pourquoi ferait-il ça ?

Je n'ai jamais été autant tentée de croquer un chaton.

Soupirant, je la fusille du regard.

— Qu'est-ce que tu fais là ? Je suis occupée.

— Il m'a dit de te trouver et de m'assurer que tu allais bien.

— Voilà, tu m'as trouvée. Tu peux dégager.

Elle fronce les sourcils, ce qui me déconcerte. Les chats sont-ils censés avoir un tel contrôle des muscles de leur front ?

— Tu n'es pas très gentille, tu sais ?

— Va te faire voir.

Elle saisit enfin le message et s'éloigne. J'aurais aimé dormir encore un peu, mais à cause de cette boule de poils diabolique, je suis parfaitement réveillée. Je déteste les chats, et oui, j'ai le droit de le dire justement parce que j'en suis un.

Mon ventre gargouille, m'informant qu'il est l'heure de partir. J'aurais peut-être dû manger le chaton pour le petit déjeuner. Je plaisante. Je ne suis pas cannibale. Je me lève et regarde autour de moi. J'ai couru loin, hier soir, ce que je n'avais pas fait depuis très longtemps. Je vais mettre des heures à revenir en ville. Dommage, ça va me laisser plein d'opportunités pour réfléchir. Je l'ai déjà beaucoup fait cette nuit. Désormais, j'aimerais juste poursuivre ma vie. Trouver mes sœurs. Nous fonder un nouveau foyer. Être heureuse. Et, oui, déterminer à un moment donné quoi faire des garçons. Pas maintenant, cela dit. L'idée même d'analyser mes réactions en leur présence me donne envie de vomir des boules de poils.

J'étanche ma soif dans un petit ruisseau séparant deux champs de lavande, avant de prendre le chemin du retour au petit trot. La journée est magnifique, le soleil réchauffe ma fourrure et les papillons me fouettent le visage ; pourtant, je ne me sens pas aussi heureuse que je le devrais sans doute. Je suis en vie, à l'instar de tous mes amis, et malgré tout, il y a un cratère dans mon ventre qui ne cesse de s'agrandir à mesure que je me rapproche de la ville. J'aimerais comprendre ce qui cloche chez moi.

Si notre ancienne maison existait encore, je me glisserais en douce dans la cuisine pour m'offrir de l'herbe à chat. Ça m'aide toujours à voir le monde plus beau. L'herbe de la victoire. Je doute cependant qu'elle ait survécu à l'incendie. Il faut que j'en retrouve, pour ces moments sombres où j'ai besoin de stimulation. Peut-être que Ryker en a. Si c'est le cas, je lui devrais quelque chose. Non, je préfère contacter mon fournisseur habituel, même si cela prendra plus longtemps.

Je dois franchir une rivière étroite pour rejoindre la périphérie de la ville. Un petit pont passe dessus, mais les gens me verraient, et je n'ai plus l'obscurité pour me protéger. J'observe l'eau froide qui coule rapidement. Il n'y a pas que les chats d'intérieur qui n'aiment pas l'eau. Je la déteste, moi aussi. Ne pas rejoindre les autres, errer dans la nature sous forme de panthère, vivre dans la campagne, ignorer mes problèmes humains. Ah, si seulement la vie était si simple.

Alors que je m'apprête à rassembler mon courage pour bondir dans les vagues, un faible miaulement attire mon attention. Je connais cette voix ; elle appartient au chaton qui m'a réveillée. Elle souffre et a peur. Merde. On dirait qu'il est temps que je joue à nouveau les sauveuses.

CHAPITRE 3

Je suis ses miaous pitoyables, délaissant la rivière pour m'enfoncer dans la petite forêt. Pourquoi est-elle allée par-là ? Ce n'est pas le chemin direct pour rejoindre la ville, et pas un raccourci non plus, loin de là.

Quand je me rapproche, une nouvelle odeur m'agresse les narines. Le chien mouillé. Non, pas des chiens. Des loups. Le même parfum que Lennox, en bien plus menaçant. Il y a des métamorphes par ici, et pas des plus gentils. C'est de plus en plus étrange. D'après les effluves, ils sont au moins trois. S'ils font tous la taille de Lennox, ils vont être un peu difficiles à battre. Heureusement, la plupart des loups métamorphes sont plus petits que lui et moins puissants. Je ne peux plus faire marche arrière de toute façon. Le chat est en danger et je suis la seule par ici à pouvoir l'aider.

Les gens ne pourraient pas s'attirer des ennuis quand je ne suis pas dans le coin, plutôt ? Ma vie serait plus facile. Pas la leur, mais franchement… j'ai parfois le droit d'être égoïste.

La forêt m'offre un camouflage suffisant pour m'approcher des loups en douce. J'avais raison, ils sont bien trois et encerclent le chaton. Elle a des égratignures sur tout son petit corps. Heureusement, elles ne semblent pas profondes au point d'être mortelles. Ils s'amusent juste avec elle.

La colère m'envahit. Si j'aime la torture comme n'importe quel assassin, je ne la pratique que sur ceux qui le méritent, pas d'innocents chatons. Elle a placé ses pattes sur sa tête pour se protéger de l'attaque suivante.

Hors de question. Je bondis du feuillage et atterris sur l'un des loups, le coinçant au sol. Le temps que ses deux comparses réalisent ce qu'il se passe et se tournent vers moi, j'ai déjà arraché la gorge du premier. Le sang envahit ma gueule, chaud et sucré. Je me fige. Je ne devrais pas trouver ça si… délicieux. Je ne devrais pas avoir envie de m'abreuver tout mon content à son artère dégoulinante.

L'un des autres loups, un gris, saute, et mon instinct prend le dessus et me fait rouler sur le flanc ; je lui échappe sans peine. Le dernier se joint à la mêlée et nous nous affrontons, mordons, donnons des coups de griffes. Chaque fois que mes dents s'enfoncent dans leur chair, leur sang se mélange à celui du premier loup dans ma gueule. Avec gourmandise, j'avale leur essence vitale. Ma frénésie meurtrière entrave ma capacité de réflexion, alors je laisse libre cours à mon instinct, me battant violemment et salement.

Lorsque l'un des métamorphes bondit en l'air pour m'attaquer par le haut, je roule sur le dos et tends la patte, l'éventrant. Ses entrailles pleuvent sur moi, et je ne peux m'empêcher de me dire qu'elles doivent avoir bon goût. La faim me tiraille, un feu dévorant incontrôlable. Le corps du loup atterrit sur moi tel un buffet volant. J'ouvre grand les mâchoires, saisissant tous les organes tombant, jusqu'à ce que l'autre s'en mêle et enfonce les crocs dans mon flanc.

Je rugis et me relève pour affronter le loup cendreux qui me grogne dessus. Comme au ralenti, je le vois s'abaisser sur ses pattes arrière, prêt à bondir, mais je suis plus agile. Avant même qu'il n'ait décollé du sol, je me retrouve sur lui, les griffes plongées dans son dos, les dents dans son cou. Il est mort avant d'avoir pu prendre son prochain souffle.

D'accord, ça n'était jamais arrivé. Je suis rapide, certes, mais pas autant. Ma plaie fait palpiter mon flanc, et en même temps, la douleur se calme déjà. Comme si je guérissais à une vitesse record.

Le chaton miaule piteusement. Elle lèche le sang sur ses petites pattes, puis s'occupe de toutes les blessures qu'elle peut atteindre. Elle a cependant l'air d'aller bien. Un peu ébranlée, un peu meurtrie : rien de dramatique.

Je me détourne d'elle pour me concentrer sur les corps des loups. Ils dégagent une odeur délicieuse. Sucrée, crue, avec une pointe de vie. J'ai envie d'enfoncer mes dents dans leur chair et de les déchiqueter. D'engloutir toute cette viande fraîche. D'avaler leur sang.

— Par pitié, ne me mange pas.

La supplique tremblante du chaton me sort de ma folie.

Je la dévisage, stupéfaite. Un liquide chaud s'écoule de ma fourrure, imprègne ma gueule, m'emplit l'estomac. Qu'est-ce que j'ai fait ?

Je m'éloigne des corps en trébuchant. Bien que ma tête s'éclaircisse peu à peu, leur odeur me tente toujours. C'est tellement plus puissant que l'herbe à chat. Si la minette ne m'observait pas avec cet air apeuré, je les dévorerais tous jusqu'à l'os.

— Je ne vais pas te manger, marmonné-je en reculant davantage. Tu es blessée ?

— Ça ira, dit-elle avec bravoure, mais d'une voix faible.

Soupirant, je me baisse.

— Grimpe, je vais te porter.

Elle me lance un regard craintif. Elle a peur de moi, qui suis pourtant de son espèce. J'ai vraiment merdé.

— Vite, sinon tu devras marcher ! aboyé-je, sur un ton plus dur que je n'en avais eu l'intention.

Bien que circonspecte, elle s'exécute et monte sur mon dos, enfonçant ses petites griffes dans ma peau dès qu'elle a trouvé un endroit où s'accrocher. Je me relève en douceur, pour qu'elle ne glisse pas. Je m'empresse de rejoindre la ville à un rythme plus rapide, une fois assurée qu'elle est en sécurité, même si j'aurais aimé pouvoir profiter d'un peu plus de solitude pour réfléchir aux événements récents : j'ai un chaton à aider.

Au moment où nous retournons enfin à la roulotte, c'est le milieu de la journée et le soleil me brûle le dos. Le sang a séché sur ma fourrure et se détache en petites écailles qui forment comme un chemin de miettes de pain derrière nous. Le chaton s'accroche toujours, mais de moins en moins fort. Elle ne va plus tenir longtemps.

L'odeur de Ryker me frappe avant même que je ne le voie se précipiter dans notre direction dans sa magnifique forme féline. Tout à coup, je me retrouve cernée par les chats, des dizaines, qui m'encerclent comme une proie. Je me couche sur les pattes, afin de laisser descendre la minette, qui s'accroche à moi.

— Vas-y, lui dis-je gentiment. Ryker peut prendre soin de toi, maintenant.

— Et qui va prendre soin de toi ? réplique-t-elle dans le plus faible des miaulements.

Je ris.

— Je peux m'en charger moi-même. Allez, descends avant que je t'y oblige.

Elle s'exécute enfin et est accueillie par ses copains. Une grande femelle entreprend de la lécher. D'après son odeur, elle n'est pas la mère de la petite, mais je suis contente que quelqu'un s'occupe d'elle. Je me rends compte que je ne lui ai jamais demandé son prénom. Oh, ça va, je suis un chat, je ne suis pas censée avoir des compétences sociales.

Ryker s'approche lentement de moi et s'arrête à quelques mètres. Sa queue s'agite de droite à gauche, trahissant sa nervosité.

— Que s'est-il passé ? lance-t-il, les yeux rivés sur la petite plutôt que sur moi.

Il m'évite. À cause du sang ?

— Trois loups l'ont attaquée. Des *métamorphes*.

— Des métamorphes ? répète-t-il, me regardant enfin. De la Meute ?

Je secoue la tête. Des écailles de sang séché tombent au sol. J'ai envie de les lécher.

— Non, ils n'en avaient pas l'odeur. Je pense qu'ils étaient différents. Tu te souviens des soldats de la maison bleue ? Ceux qui ne voulaient pas mourir ?

Il acquiesce et une expression affligée passe brièvement sur son museau.

— Difficile de les oublier.

— Ils avaient une odeur similaire. Et leur sang avait le même goût. Sucré, comme du miel et du lait.

— Tu as bu leur *sang* ? s'exclame-t-il en évitant une nouvelle fois mon regard.

Quelque chose ne va pas entre nous.

— C'est arrivé par accident. Je leur ai déchiqueté la gorge. C'est difficile de ne pas en avoir dans l'œsophage quand tes mâchoires sont refermées autour d'une artère arrachée.

Il opine, mais la gêne plane toujours. Je n'aime pas cette impression qu'il me donne que j'ai fait quelque chose de mal.

— Mini s'en remettra, intervient la chatte plus âgée. Je vais la ramener à la maison.

Mini. Ce devait être le prénom du chaton. Très approprié.

La petite m'adresse un léger sourire avant de repartir avec la femelle. Certains chats les suivent, et quelques-uns restent avec

Ryker et moi. J'aurais préféré qu'ils s'en aillent. Je déteste avoir un public.

J'indique la roulotte d'un coup de tête.

— Les autres sont là ?

— Seulement Lennox et quelques humains. Les jumelles sont parties en voyant que tu étais absente et Gryphon a dit qu'il avait des affaires à régler.

Il me parle durement ; il m'en veut d'avoir pris la fuite, de ne pas être restée avec eux. Comment puis-je lui expliquer que je ne suis pas prête pour une telle proximité avec les autres ? Je suis un chat, je ne suis pas faite pour les relations. Ryker, entre tous, devrait le savoir, et pourtant, il semble plus humain que moi, bien qu'il ait grandi comme un chat. Quelle ironie.

Je soupire.

— Si tu as quelque chose à dire, fais-le. En privé.

Je fusille du regard les chats qui nous entourent. J'en reconnais quelques-uns, mais malgré tout, je n'ai pas envie qu'ils entendent ça.

— Non, je n'ai rien à dire. Nous devrions retourner là-bas et en apprendre plus sur ces loups. S'il y a de nouveaux prédateurs pas loin, je dois me tenir informé.

Il se tourne vers l'un des chats mâles, un grand tigré auquel il manque une oreille.

— Greg, dis à tout le monde de rester dans la ville. Que personne ne traîne autour tant que nous ne savons pas s'il y en a d'autres.

Le chat tigré incline la tête et part en courant. Les autres chats lui emboîtent le pas, nous laissant enfin seuls.

— Ryker, je…

— On devrait peut-être prendre Lennox avec nous, me coupe-t-il. En fait, transforme-toi et dis-lui ce qu'il s'est passé. Puis lave-toi. On peut suivre ta trace, pas besoin que tu viennes avec nous.

Ses mots me font plus mal que ma blessure récente. La Kat

normale se révolterait, se disputerait, argumenterait, mais je ne me sens plus moi-même à l'heure actuelle. Je pousse un petit grognement, juste pour la forme, et me dirige vers la roulotte. Le sang séché recouvre toujours ma fourrure et je suis impatiente de m'en débarrasser. Pas parce que je me sens sale. Parce que j'ai envie de le lécher.

CHAPITRE 4

Bien que la transformation me débarrasse de l'essentiel du sang, je me lave tout de même. La minuscule salle de bains de la roulotte me fait regretter mon ancienne maison et ses immenses douche et baignoire. Je me cogne au carrelage dès que je bouge, ici. L'eau n'est pas très chaude non plus. Nous devons vraiment nous mettre en quête d'une nouvelle habitation. À l'époque de la Meute, je logeais dans un dortoir et me servais de douches communes. La roulotte est cent fois mieux que ça. Je nous dénicherai malgré tout une nouvelle résidence, une fois que nous aurons trouvé mes sœurs. Par chance, nous possédons toujours nos comptes en banque et notre petit coffre a survécu à l'incendie, ce qui nous laisse assez de liquide pour tenir un moment.

Je coupe l'eau même si je ne me sens pas encore tout à fait propre ; je sais cependant qu'il s'agit d'un effet de mon esprit. Mon corps est propre, il n'y reste plus une goutte de sang. Tout est dans ma tête.

Mon estomac gargouille. Il est temps de voir ce que contient le frigo.

Rien. Enfin, deux œufs et un chou à l'air miteux, mais j'ai besoin de viande. Ou d'herbe à chat, ça pourrait le faire aussi.

— Il n'y a rien ici, j'ai déjà regardé, déclare Benjamin en entrant dans la cuisine, une écharpe autour du cou, le visage horriblement pâle.

— Tu vas bien ?

Il secoue la tête.

— Je crois que j'ai attrapé froid. Beth est partie à la pharmacie m'acheter des médicaments. Il se trouve qu'elle a des tas de poisons, mais pas vraiment destinés à soigner les gens.

Il lève les yeux au ciel.

— Tu n'es pas d'humeur à faire les courses, j'imagine ?

— Je suis la patronne de *M.I.A.O.U.* Je ne fais pas les courses. Je me fais livrer, répliqué-je sur un ton hautain.

Il rit faiblement.

— Dans ce cas, tu ferais mieux de dénicher un service qui livre les roulottes sans adresse fixe.

Je lui tire la langue. Je sais, c'est très classe. Je m'en fiche. Aujourd'hui, je suis asociale, je ne vais pas faire comme si j'appréciais la compagnie des gens.

Malheureusement, Benjamin a quand même raison. La seule façon de trouver à manger est de partir d'ici, et vu l'état dans lequel il est, je ne peux même pas le charger de cette mission. Ce serait de la torture, et j'ai beau aimer ça, je m'y refuse avec mes employés. Cela créerait un précédent fâcheux.

Je quitte la roulotte en grommelant et me dirige vers la ville. Il fait un temps magnifique et les rues sont pleines de monde. Ils n'ont donc rien de mieux à faire que de se mettre en travers de mon chemin et de m'effleurer ? N'ayant aujourd'hui pas la patience de me rendre dans ma boucherie préférée, j'entre dans la première que je croise. Une viande superbe et appétissante m'accueille. J'admire les produits proposés en me retenant de baver. Je grimperais même sur le comptoir pour m'allonger sur ce matelas de steaks, si cet agaçant boucher n'était pas en train de m'observer.

— Qu'est-ce que je peux faire pour vous ? me demande-t-il avec un sourire amical, qui vacille quand je commence la liste de tout ce que je voudrais. Vous faites une fête ? me questionne-t-il une fois que j'ai conclu ma commande par un kilo de boudin noir.

Celui qui est très sanguinolent.

— J'ai des invités affamés, rétorqué-je avec un sourire qui consiste surtout à lui montrer les dents.

Les yeux écarquillés, il emballe tout sans tarder. Quand il a terminé, je réalise que je ne parviendrai jamais à tout porter seule. Il va me falloir un chariot. Puis une idée me vient à l'esprit et mon sourire s'élargit. Je n'ai pas besoin de chariot. J'ai mieux encore.

Je paie et attrape autant de sacs que possible, en disant au boucher que je reviendrai chercher le reste très vite. Dans une ruelle juste derrière le magasin, je pose mes emplettes et porte deux doigts à ma bouche, sifflant sur un ton trop aigu pour que les humains puissent le percevoir.

Miaou.

Une chatte roux sombre, au poil si touffu qu'elle paraît en surpoids, bondit d'une poubelle au bout de l'allée et se dandine jusqu'à moi.

— Pan, la salué-je. Ça faisait longtemps.

Elle penche la tête et se frotte contre mes jambes. Elle est l'une des plus proches amies de Ryker, ce qui m'arrange bien, vu ce que je m'apprête à faire. J'attends qu'une dizaine de chats nous aient rejointes, y compris Tempête, James et la petite Nyx, puis je m'accroupis afin d'être à leur niveau.

— J'ai besoin de transporter plusieurs sacs de viande jusqu'à la roulotte où nous logeons. J'imagine que vous savez tous où elle se trouve ?

Pan hoche la tête, les yeux brillants.

— Bien. Prenez-en un chacun. S'il manque quoi que ce soit, ça va m'énerver, ajouté-je en leur lançant un regard mauvais et en savourant le mouvement de recul des plus jeunes.

Je n'ai pas perdu la main.

— Vous aurez votre part dès mon retour, mais je vous préviens, en attendant, pas le moindre coup de dents dedans. Compris ?

Dès que j'ai perçu leur assentiment, je me redresse et leur tends mon butin. C'est une excellente idée, il ne m'en reste plus qu'un seul à la fin, et Pan me le prend des mains ; elle est assez grande pour en porter deux.

Ils partent en courant, même si certains petits avancent plus lentement à cause de leurs sacs trop encombrants, mais je suis sûre qu'ils vont gérer. Les chats savent se montrer ingénieux quand il y a de la nourriture à la clé. Je ricane en réalisant que c'est tout aussi valable pour moi en cet instant. Utiliser les chats comme porteurs. Brillant. Je n'aurais plus jamais à trimballer mes courses. Et c'est tellement moins cher qu'un service de livraison.

Je retourne récupérer le reste de mes emplettes chez le boucher. Il me lance un regard étrange, mais je l'ignore. La prochaine fois, j'irai dans ma boutique préférée, où je sais que la viande est bio et arrive tout droit du champ, pour ainsi dire. Avant de prendre le chemin du retour, je regagne la ruelle et ouvre l'un des sacs. Jarret d'agneau. Parfait. Je le dévore et gémis de plaisir face à l'assaut des saveurs sur mes papilles gustatives. Comme la prédatrice en moi voudrait arracher et avaler, je dois me rappeler de mâcher ; je suis humaine pour l'instant, après tout, et si je n'y prends pas garde, je vais récolter des maux de ventre.

La viande est fraîche et juteuse. J'enfonce les dents dans la chair et aspire le sang. Pas aussi bon que celui des loups de ce matin, mais satisfaisant quand même. En cet instant, je me fiche que mon comportement soit anormal, même pour une métamorphe. Je ne parviens à me concentrer que sur la viande, le sang, l'odeur de proie morte.

À la fin, j'ai du rouge plein les mains et le visage. Je me nettoie du mieux possible, puis entreprends de rentrer à la roulotte. Être entourée d'humains ne me gêne plus. Au contraire. C'est comme être au milieu d'un supermarché offrant gratuitement toutes ces proies délicieuses et saturées de sang. Il me suffirait de tendre la main et d'arracher la gorge de quelqu'un pour…

Je m'immobilise immédiatement. Quelqu'un me percute par-derrière, marmonne une insulte, mais je suis figée sur place. Je viens juste de penser à tuer *des humains*. Pas parce que les assassiner est mon boulot : pour les déguster. Un frisson me remonte l'échine. Il y a vraiment quelque chose de pas normal chez moi. Je n'ai jamais ressenti cette pulsion auparavant, pas même sous forme animale. Les humains et les chats sont hors limite. Ils ne sont pas de la nourriture.

Je saisis les sacs et commence à courir pour m'éloigner des odeurs et bruits tentants de la foule. Je dois me mettre en sécurité avant de tuer quelqu'un.

Ryker et Lennox ne sont toujours pas revenus, mais Gryphon, si ; il est assis à l'extérieur de la roulotte, les paupières closes, les jambes étendues devant lui, profitant du soleil. J'aurais aimé pouvoir faire de même. Je me précipite à l'intérieur et lâche les sacs de viande. D'autres jonchent déjà le sol de la cuisine, sous la surveillance de Benjamin.

— J'imagine que c'est ton idée ? demande-t-il tout en versant de l'huile sur une poêle à frire.

— J'ai trouvé que c'était un bon moyen de ramener toute cette nourriture à la maison, répliqué-je en haussant une épaule d'un air faussement calme alors que je me sens sur le point de craquer.

— Qu'est-ce que tu leur as promis en échange ?

— De la viande. Je n'ai pas donné plus de détails.

Il balance deux steaks dans la poêle. Le crépitement me pousse presque à les arracher de là pour les manger crus. La viande n'est pas censée être cuite, si ? Ma tête me fait mal. J'ai besoin que quelqu'un me dise ce qu'il se passe.

— J'en ai déjà donné à Pan en guise de récompense, déclare Benjamin, inconscient du tourment qui m'agite. Ils sont tous partis avec, ça devait leur suffire ; Ryker sera content. Je pense qu'il a des difficultés à trouver assez de nourriture pour tous ses chats, vu qu'il y en a de plus en plus qui le rejoignent.

Je l'ignorais. J'aurais dû le savoir, cependant. Ryker est un ami. Plus que ça. Je devrais être au courant de ses problèmes et être là pour le soutenir. Merde. Je me sens encore plus mal.

Je comptais retourner dehors pour discuter avec Gryphon, mais je n'arrive plus à me contrôler. Je crains de me désagréger entièrement si je tente d'expliquer ce que je ressens. Alors je cours m'enfermer dans la chambre et m'affale sur le matelas, le visage caché dans mes mains. Je crois que je ne me suis jamais sentie aussi faible et apeurée.

Je me roule en boule, le nez pressé contre les draps. Ils portent l'odeur des garçons. Ryker, que j'ai déçu. Lennox, dont j'ai refusé l'union. Gryphon, qui…

La porte tourne brusquement sur ses gonds et il entre à grands pas dans la pièce. Je lève la tête, me disant que je devrais faire comme si je n'étais pas au bord des larmes, mais les vannes s'ouvrent et je ne peux plus rien retenir. Gryphon me rejoint en un instant et m'enlace. Je me débats ; je ne mérite pas d'être réconfortée. Toutefois, il tient bon et me serre fort contre sa poitrine. Si je le voulais, je pourrais échapper sans peine à sa poigne ; hélas, la faible Kat sanglotante, qui a pris le dessus sur moi, a besoin de cette proximité. Je le laisse me caresser les cheveux, tout en me reprochant cette vulnérabilité que j'affiche. Les larmes dévalent mes joues et je ne peux rien faire pour les en empêcher. Encore une chose sur laquelle je n'ai aucune maîtrise. Cette pensée redouble mes sanglots. J'ai perdu le contrôle de ma vie, de tout, et je suis devenue faible, bon sang.

— Parle-moi, Kat, marmonne Gryphon. Je ne peux pas t'aider si j'ignore ce qu'il se passe.

J'en suis incapable. Je ne sais même pas quel est le problème. Je ne me sens plus moi-même, mais comment puis-je le lui expliquer ? Je suis en train de perdre mon identité, de disparaître, et comme je n'en connais pas la raison, je ne peux pas lutter.

— Kat, dis-moi. S'il te plaît.

Ses derniers mots me brisent le cœur. Il semble si désespéré. Comme moi.

Je ne peux cependant pas me confier à lui. S'il découvre que j'ai soif de sang et de chair humaine, il va se détourner avec dégoût. Il va me quitter et prendre les autres avec lui. Mes propres pensées m'étonnent. Depuis quand ai-je tant besoin d'affection ? Je ne devrais pas craindre son départ. Je suis un chat, je me satisfais très bien de ma propre compagnie. Je n'ai pas besoin de personnes autour de moi. Je n'ai pas besoin d'amis. Je peux retrouver l'époque où j'étais seule face au monde.

— Je suis désolé de devoir faire ça, souffle-t-il.

Avant que je ne comprenne de quoi il parle, il se met à chanter. Son pouvoir de siren emplit la chambre, rampe sur ma peau, pénètre dans mon esprit. Sa musique est belle, céleste. Elle m'enlace, m'apaise, me réchauffe de l'intérieur. Je l'accepte avec joie, ayant grand besoin de son contact.

Elle me dit de ne pas lutter, et je la crois. Elle s'infiltre dans toutes les failles de ma muraille, s'introduit dans mon âme brisée. Je ferme les yeux et me laisse dériver, vaguement consciente de l'étreinte de Gryphon et de sa chaleur.

Sa chanson s'intensifie lorsqu'elle s'empare de moi. Elle me murmure des paroles que je ne distingue pas, ni même l'intention derrière. Je ne me sens cependant pas menacée. Au contraire, je sais que je suis en sécurité. Vraiment en sécurité, pour la première fois depuis un long moment. Personne ne peut m'atteindre dans les bras de Gryphon. Il me protège du monde extérieur. Je n'ai pas besoin d'être forte. Je peux déverser ma douleur. La partager. La briser en mille morceaux que je confierai ensuite aux gens qui tiennent à moi.

Lentement, la chanson se transforme. Les mots prennent sens. Ils contiennent un message que j'écoute, cette fois-ci.

— Je suis cassée, dis-je à la musique. Quelque chose ne va pas chez moi. Depuis que j'ai été capturée par la Meute, je ressens d'étranges envies. De nouveaux sentiments. Je crois que je suis en train de changer.

Les mots s'échappent de mes lèvres. Je raconte tout. Ma soif de sang. Mon besoin irrépressible d'être seule, de repousser tout le monde. Ma force inédite. Mon désir de chair humaine.

Je lâche tout, je ne retiens rien. Je sais que je suis dans un endroit sûr. La mélopée ne me juge pas. Quoi que je lui dise, elle m'encense, me caresse la peau, atténue ma souffrance. Parler de ça n'est pas aussi douloureux que je le craignais. À vrai dire, je me sens mieux. Le trou dans ma poitrine se referme peu à peu.

— Merci, dit la musique. Nous trouverons les réponses, je te le promets. Nous t'aiderons à aller mieux.

Non, ce n'est pas la mélodie. C'est la voix de Gryphon entourée par la chanson. J'ignore comment il parvient à faire ça, à parler tout en produisant cette magnifique berceuse, mais ça m'est égal.

Je me blottis contre lui, soulagée de constater qu'il ne me juge pas. Il m'a dit que j'irai mieux. Même si je ne suis pas sûre de le croire, en cet instant, je m'en fiche. Qui sait, peut-être a-t-il raison. Sa musique révèle toute la puissance de Gryphon, après tout.

La chanson s'affaiblit et s'éloigne finalement, résonnant encore dans mes oreilles, mais ne se déversant plus dans mon esprit. Je ne suis pas étreinte par le chant, seulement par le corps musclé de Gryphon.

— Merci, souffle-t-il, puis il dépose un baiser léger sur mon front. Je suis désolé que tu aies dû affronter ça toute seule.

— Je suis désolé, moi aussi.

J'ouvre les yeux, surprise par cette nouvelle voix.

Ryker et Lennox se tiennent dans l'embrasure et me dévisagent, la mine indéchiffrable.

La sensation de chaleur disparaît en moi. Maintenant, ils savent.

Merde.

CHAPITRE 5

— $\mathcal{N}$e t'enfuis pas.

Ryker s'avance lentement vers le matelas, les yeux rivés sur moi.

— Nous devons en parler.

Gryphon resserre son étreinte autour de moi.

— Il a raison, me murmure-t-il à l'oreille en me caressant le dos. Voyons si nous pouvons trouver le moyen de t'aider. Tous ensemble.

Je gémis. Me voilà au centre de l'attention, mais pas d'une manière plaisante.

Ryker s'assied sur le lit et Lennox nous rejoint, s'allongeant à côté de moi afin de placer son corps contre le mien. Ryker tend le bras pour me prendre la main. Je le laisse faire. Ils me touchent tous les trois, et c'est agréable. Pas d'une façon sexuelle. Juste cette proximité qui renforce notre lien. Ce lien que j'ai rejeté de toutes mes forces.

Je devrais sans doute m'asseoir comme il faut pour discuter telle l'adulte que je suis ; je préfère cependant fermer les yeux et me blottir contre Gryphon. Je tente d'ériger à nouveau mes murailles. En cet instant, je suis fragile et il faut que je le leur dise. S'ils ne se montrent pas prudents, ils peuvent me briser. *Soyez gentils avec ma petite âme*, dit cette vieille chanson folk, que je comprends enfin.

— Nous n'avons pas entendu le début, mais pour résumer, tu deviens plus bestiale, déclare Ryker après s'être raclé la gorge, essayant, de manière flagrante, de s'exprimer d'un ton calme et apaisant.

Je pourrais presque l'entendre ronronner.

— Comme si ta panthère s'insinuait davantage dans ta part humaine, et en même temps, tu es plus forte sous forme animale. Et tout ça a un lien avec ce qu'il s'est passé dans ce labo.

— Reprenons toute l'histoire, intervient Lennox qui me caresse la cuisse.

Une nouvelle fois, je ne crois pas que ses intentions soient sexuelles, même s'il me touche à un endroit normalement réservé à l'intimité.

— On sait qu'ils t'ont affamée. Torturée. Je suis désolé de te demander d'en reparler, mais nous avons besoin de tous les détails.

Je soupire. Moi qui avais espéré ne plus avoir à y repenser.

— Ce n'était pas de la *vraie* torture. Juste des coups avec cette canne électrique de temps en temps.

Gryphon pouffe.

— C'est ce que j'appelle de la torture.

— Pas vraiment. Je peux faire bien pire.

— Je n'en doute pas. Que s'est-il passé le jour de ton évasion ?

Je me plonge dans mes souvenirs. Ryker me tient toujours la main, et je m'en sers d'ancre pour rester amarrée au présent. Cette fois-ci, ce n'est pas si terrible que ça de savoir que je ne suis pas seule.

— Ils m'ont emmenée dans un labo. J'étais attachée à une chaise. Je ne pouvais pas bouger à cause des effets de cette canne. Le siren est entré. Il m'a dit que j'étais déjà venue ici, mais que je ne pouvais pas m'en souvenir. Puis il m'a montré des photos. D'abord du Dr Fitzroy, puis de deux jeunes hommes, puis de l'Originale. La femme dont je suis le clone. Et enfin, un cliché de l'Homme Mystère.

Je déglutis.

— Le professeur Lakefield. C'est à ce moment-là que le siren m'a dit la vérité. J'étais dévastée. Puis un interrupteur s'est enclenché en moi et je me suis sentie forte.

— Un interrupteur ? répète Gryphon. Tu peux nous expliquer ça ?

Je ris.

— J'aimerais pouvoir. C'est un peu comme si j'avais franchi un mur qui s'était toujours trouvé en moi, et que j'avais découvert derrière un pouvoir à l'état brut. Je m'étais nourrie de ce pouvoir, car il s'insinuait à travers ce mur avant. Maintenant, j'y ai accès dans son intégralité. J'ai réussi à casser mes entraves et à tuer le siren.

— Tu crois que c'est ton énergie de panthère ? me questionne Lennox. Je ressens la même chose, parfois. Quand je suis humain, je suis séparé de mon loup, mais une fraction de son pouvoir n'est jamais très loin. Lorsque je me transforme, c'est l'inverse. Je suis entièrement loup et ne peux me servir que d'une portion de mes capacités humaines.

Je secoue la tête.

— Non, c'est plus que ça. Ce n'est pas que ma panthère, c'est *plus encore*. Son pouvoir à elle est multiplié, mais pas uniquement ça. Il y a aussi son instinct et ses besoins.

— Voilà pourquoi tu te sens plus animale, dit-il d'une voix lente. Et pourquoi tu as tant envie de viande. Je pense que ce n'est pas qu'une histoire de chair humaine. Si on te mettait face à une vache, tu voudrais la manger également.

La salive envahit ma bouche à l'idée de cette viande de bœuf fraîche prélevée directement sur la bête. Saignante, juteuse, toujours chaude. Un liquide brûlant coulant dans ma gorge.

— Tu as raison, confirmé-je, dès que j'ai réussi à repousser cette image de mon esprit. Je ressens le même appétit pour une vache, maintenant. Tu en as une dans le coin ?

Par chance, ils ignorent ma question.

Gryphon passe la main dans mes cheveux. Je n'aime pas qu'on me les touche. Normalement. Pas aujourd'hui, cela dit. Un ronronnement résonne dans ma poitrine.

— J'adore quand tu fais ça, commente-t-il, amusé.

Je lui donne un coup de coude en pleine poitrine, et il se calme.

— Notre chatte a ressorti ses griffes, dit Lennox avec un petit rire. Mais revenons à notre problème. Nous devons découvrir ce qu'il s'est passé dans ce labo.

— Je viens de vous le dire.

— Non, autrefois, je veux dire. Ils t'y ont traînée quand tu étais enfant et t'ont fait je ne sais quoi. Dans les dossiers, nous avons trouvé la mention d'une drogue qu'ils donnaient aux métamorphes, alors c'est peut-être lié à ça. À moins qu'il ne s'agisse d'expériences dont on ignore tout pour l'instant. Dans tous les cas, ça a un rapport avec tes problèmes actuels. Te retrouver dans le même labo et à nouveau menacée a déclenché quelque chose.

— Peut-être que les filles en savent davantage, suggère Gryphon. Je pense que nous devrions organiser une rencontre entre sœurs. Toi, les jumelles, Mini-Kat. En comparant vos notes, vous parviendrez peut-être à combler les blancs.

Je soupire.

— Il faut que je leur parle, de toute façon. Nous devons retrouver les dernières. Elles ont évoqué K2 et K7, et deux autres qui sont mortes.

Je n'ai pas envie de dire « K3 » et « K6 ». Je ne veux pas utiliser ces termes. Elles méritent d'avoir un nom, et tant que je n'aurai pas découvert si elles en possédaient un, je me refuse à les appeler par cette froide désignation.

— Il y en a d'autres dehors. Et si elles avaient le même problème que moi, mais sans personne, comme vous, pour les soutenir ?

J'ouvre enfin les yeux et me redresse pour regarder les trois hommes.

— Je déteste l'admettre, mais je ne pourrai jamais traverser ça sans vous.

Ryker me serre la main.

— Merci de dire ça. Je sais combien c'est dur pour toi de reconnaître que tu ne peux pas tout faire toute seule.

Une pointe de colère m'envahit, mais il a raison. J'ai l'habitude de gérer tous les problèmes moi-même. J'ai une équipe, d'accord ; cependant, ils m'aident à faire ce que je pourrais faire moi-même si j'avais le temps. Je me sers juste d'eux pour ne pas m'embêter avec certaines tâches. Et oui, Bethany est meilleure que moi avec les poisons et je ne suis pas aussi douée que Lily pour séduire, mais… Très bien, très bien, j'ai besoin de mon équipe. Ce que je ne leur avouerai jamais. Hors de question qu'ils demandent une augmentation de salaire.

— Nous devons encore aborder un dernier sujet, dit Ryker avec hésitation. Hier, tu as pris la fuite. Pourquoi ?

Un poing invisible se resserre autour de mon cœur. Les autres trucs, la faim, la soif de sang, je peux les expliquer, les attribuer aux expériences que la Meute a faites sur moi. Toutefois, je ne suis pas certaine que repousser les garçons soit lié à ça ; c'est peut-être juste dû à ma façon d'être.

— Je ne suis pas très douée pour…

Je soupire, cherchant mes mots.

— … pour laisser les gens s'approcher de moi. C'est déjà assez difficile comme ça avec une seule personne, or vous êtes trois et avez des attentes que je ne suis pas sûre de pouvoir combler.

— Nous ne te demandons pas de coucher avec nous, dit Gryphon, mais je le coupe.

— Ce n'est pas ça le souci. Le sexe, c'est facile. Je n'ai aucun problème à vous prendre. Un, deux, tous ensemble. Enfin, je n'ai jamais essayé, mais je suis sûre que ça peut être marrant. Le souci, c'est tout ce qui vient avec. Vous n'êtes pas des types rencontrés au hasard avec lesquels j'ai choisi de coucher une seule nuit. Vous êtes là pour autre chose, et j'ai peur de tout faire foirer.

Je n'arrive pas à les regarder dans les yeux. Je n'en reviens pas d'avoir dit tout ça. C'est si gênant. Ça doit être un effet rémanent de la chanson de Gryphon.

— Nous sommes tous dans le même bateau, m'assure Lennox en posant ses mains sur mes épaules pour souligner ses paroles. Je ne sais pas pour les autres, mais je n'ai jamais eu de relations non plus. Tout comme toi, je choisissais n'importe qui pour soulager mes besoins…

— Soulager tes bourses, tu veux dire, le coupe Ryker en ricanant.

— Va te faire. C'est nouveau pour moi aussi. Je ne sais pas du tout ce que je fais, et je ne m'attendais pas du tout à te partager. Mais ça me va. C'est toi que je veux, et si ça signifie ne pas être le seul à tes yeux, ça me convient. Nous pouvons y aller à ton rythme, que ce soit vite ou lentement. Si tu as besoin de temps, c'est très bien aussi. Il faut juste que tu nous parles. Si tu préfères ne pas dormir dans le même lit que nous trois, nous trouverons une alternative.

— Comme il a dit, marmonne Gryphon. On n'a pas envie que tu te sentes mal à l'aise avec nous.

Mes yeux me brûlent à nouveau. Fichus sentiments. Je refuse de me montrer émotive, mais je ressens toujours les effets rémanents du chant du siren. Même si je devrais lui en vouloir de m'avoir fait ça, ce n'est pas le cas. Étonnamment, ça m'a fait du bien de leur raconter ce qu'il m'arrivait. Je pensais que ce serait embarrassant d'avouer les bouleversements qui s'opèrent en moi. En fait, je suis surtout embarrassée *maintenant* de ne pas le leur avoir dit plus tôt.

— Kat.

Lennox entrelace nos mains et me caresse gentiment les doigts.

— Tu sais déjà que mon loup te veut comme compagne. Je suis lié à toi et je ne changerais ça pour rien au monde.

J'éternue.

— Désolée. Je suis allergique à la mièvrerie.

CHAPITRE 6

Les jumelles arrivent pile quand le dîner est prêt. Je suis sûre qu'elles ont tout planifié. C'est Bethany qui a cuisiné, donc c'est plutôt bon. Elle s'y connaît en herbes – l'avantage d'être une faiseuse de poisons. J'aurais préféré mon steak un peu plus cru, mais je ne le montrerai pas. J'ai beau aimer mes humains, partager mes problèmes avec les garçons était suffisant pour aujourd'hui. Je ne vais pas y impliquer en plus Lily, Beth et Benjamin. Ils peuvent participer à la recherche de mes sœurs et à notre combat contre la Meute – ou ce qu'il en reste –, c'est tout. C'est à moi de gérer mes soucis personnels.

— Je comprends maintenant pourquoi tu les gardes avec toi, commente Ivy en mâchant bruyamment.

Elle a d'aussi mauvaises manières à table que moi. Gryphon a l'air dépité par notre façon peu conventionnelle d'utiliser notre couteau, mais c'est le plus snob du groupe. Lennox a grandi au sein de la Meute, Benjamin dans la rue, Bethany, je ne sais pas, la famille de Lily se fiche des bonnes manières et Ryker n'est humain que depuis peu. En résumé, il y a beaucoup de rongements d'os, de mastications bruyantes et de couteaux qui grincent.

— Ça faisait longtemps qu'on n'avait pas mangé autour d'une table, déclare Quatre. C'est plutôt sympa.

J'ai tant de questions à leur poser sur leur enfance et ce qu'elles ont traversé. Ce n'est cependant pas le moment. Je suis toujours en train de reconstruire mes murailles. Je me mettrais sans doute à pleurer si j'entendais leur histoire larmoyante en cet instant.

À la fin du repas, Bethany nous sert du dessert. Un pudding chaud au chocolat avec de la crème. Les quatre félins de la pièce gémissent de plaisir en voyant cette dernière.

Bethany rit.

— J'espérais bien que vous auriez tous la même réaction que Kat en présence de crème. Ça valait le coup d'en acheter une telle quantité.

— Tu as pris de l'herbe à chat, aussi ? demandé-je avec espoir. Ça ferait un spectacle amusant.

— Pas d'herbe à chat, riposte Lily, la mine sévère. Pas après ce qu'il s'est passé la dernière fois. Hors de question que tu deviennes accro.

Je hausse les épaules.

— Je peux me contrôler.

— Non, tu ne peux pas. Tu veux que je leur raconte l'incident de la ficelle ?

Je la fusille du regard.

— Si tu fais ça, je te vire.

— Genre. Tu m'aimes bien trop pour ça.

Je soupire.

— Oui, c'est vrai. Maintenant, redonne-moi cette crème avant que je ne devienne grincheuse.

Elle me sourit, et une chaleur qui n'a rien à voir avec le pudding se répand dans mon ventre. Voilà comment se passait notre vie avant. Nous plaisantions, sans le moindre souci. Je suis contente que nous parvenions encore à faire ça, même si c'est rare. Dès que nous aurons résolu tous nos problèmes, je nous enfermerai tous dans notre nouvelle maison et forcerai tout le monde à jouer à des jeux de société et autres activités banales comme celle-là. Peut-être que j'ajouterai un atelier dissection à la morgue. Oh, oui, il nous faudra une morgue. Et un labo. Et une meilleure chambre froide qu'avant. La nôtre tombait sans cesse en panne et les corps pourrissaient.

Bientôt. Plus que quelques semaines difficiles, et je pourrai trouver un nouveau foyer.

Quand le repas est fini, je laisse Lily faire la vaisselle tandis que Benjamin va se coucher dans un coin. Il a encore mauvaise mine, alors il vaut mieux qu'il reste loin des autres humains. Ils attrapent si facilement des maladies. Et oui, je compte Lily dans le lot, car elle a beau être une succube, son système immunitaire est ridiculement faible.

Je me tourne vers les jumelles.

— Mettons un plan au point. Vous nous avez dit qu'il existait un autre labo de la Meute que nous n'avons pas détruit ?

Quatre hoche la tête.

— Oui, c'est celui qui est gardé par K2.

— Quoi ?

Elles échangent un regard.

— Nous n'avons pas eu le temps de te le dire la dernière fois. Je pense que nous avons été distraites par cette question de *M.I.A.O.U.* À laquelle tu n'as toujours pas répondu, d'ailleurs.

— K2 est entièrement contrôlée par eux, m'explique Ivy. Elle est l'exemple même de ce qu'ils espéraient que nous deviendrions toutes. Malléable, obéissant à tous les ordres, et très, très forte. Et totalement psychotique. Parfois, je me demande s'ils ont réussi à la dépouiller de toute son humanité.

— Il doit bien y avoir un moyen de la sortir de là et de la guérir, commencé-je, mais elles secouent la tête de concert.

— Nous avons essayé, dit Quatre en soupirant. Plusieurs fois. Un jour, nous sommes parvenues à nous introduire dans sa chambre pour lui parler. Elle nous a attaquées sans se poser de questions et n'a rien voulu écouter. Elle n'avait pas l'air surprise non plus d'apprendre qu'elle est un clone. Ils ont dû le lui dire, contrairement à nous ou à toi. Et la troisième fois que nous l'avons affrontée, elle a capturé Ivy. J'ai failli ne pas réussir à la sauver.

L'intéressée fait la grimace.

— Ce n'était pas un stratagème, d'ailleurs. Elle m'a salement amochée. Il m'a fallu une éternité pour m'en remettre. Mais pendant qu'elle me torturait, je l'ai regardée dans le blanc des yeux et j'ai vu que les siens étaient vides. Elle n'est pas comme nous. Elle n'a pas d'âme.

Bien que j'en doute fortement, je tiens ma langue. Je veux voir ça par moi-même. Je refuse d'abandonner l'une de mes sœurs. Elle a peut-être subi un lavage de cerveau total, mais il doit bien y avoir un moyen de la faire revenir. Le pouvoir de siren de Gryphon pourrait l'aider, qui sait.

Sinon… Je ne pense pas pouvoir la tuer.

— Est-ce qu'elle a un nom ? demandé-je aux jumelles. En dehors de K2 ?

Quatre hausse les épaules.

— Ça m'étonnerait. Elle n'est pas assez indépendante pour envisager d'en vouloir un. Tu comprendras quand tu la verras. Ils lui ont lavé le cerveau. À moins qu'elle ait toujours été comme ça. Elle croit qu'il faut défendre la Meute et que nous sommes les ennemis. Elle n'hésitera pas à nous tuer si elle en a l'opportunité.

— Et elle garde le labo ? En continu ? intervient Gryphon.

— Elle était présente chaque fois que nous avons essayé d'y entrer, répond Ivy. Alors à moins d'une énorme coïncidence, nous sommes à peu près sûres que son travail consiste à le protéger. Nous savons très peu de choses sur cet endroit. Si nous nous y sommes déjà rendues, cela fait partie de nos souvenirs effacés. Voilà pourquoi on doit pénétrer à l'intérieur et découvrir ce qu'ils cachent. Nous avons le sentiment qu'il s'agit d'une pièce importante du puzzle.

Je remarque, encore une fois, que les jumelles parlent sans cesse d'elles comme d'une unité. Je me demande ce que cela ferait d'avoir une sœur. Quelqu'un de totalement semblable. Non, je ne souhaiterais ça à personne. Une seule Kat, c'est déjà bien suffisant pour ce monde. Si nous étions deux, nous finirions ennemies jurées.

Je me rappelle tout à coup qu'il y en a au moins neuf comme moi. Pas tout à fait identiques, comme j'ai pu le constater avec Mini-Kat et les jumelles, mais quand même, bien plus similaires à moi que des sœurs classiques ne le seraient. Nous avons été élevées de différentes manières, mais nos gènes sont les mêmes, à moins que la Meute n'ait raté quelque chose.

Espérons que nous ne deviendrons pas ennemies.

Les assassins préfèrent travailler au plus sombre de la nuit. Comme les chats. Nous avons décidé de ne pas retarder l'échéance. Ryker a rassemblé certains de ses amis tandis que nous nous préparions. J'ai retrouvé ma tenue en cuir de tueuse. Qu'est-ce qu'elle m'avait manqué. Le cuir me moule comme une seconde peau, tout en étant assez épais pour me permettre de cacher des armes sur moi et de parer les faibles attaques. Mes bottes m'ancrent au sol, à la fois physiquement et mentalement. Je pourrais embrasser mon équipe pour avoir sauvé certains de mes habits des flammes. A priori, le feu a commencé au rez-de-chaussée, donc il a mis un moment à atteindre le grenier où je vivais.

Gryphon et Lennox sont vêtus de noir, eux aussi, pour se fondre dans la nuit. La lune est cachée derrière d'épais nuages, nous offrant une meilleure couverture encore. L'équipe *M.I.A.O.U.* reste à la maison. En temps normal, j'aurais pris Benjamin avec nous, puisqu'il est le plus doué pour entrer par effraction, mais il est trop malade. Il serait plus une gêne qu'autre chose dans son état actuel.

Les jumelles ont dévalisé le placard de Lily – étonnamment bien fourni, même après l'incendie –, pas parce qu'elles avaient besoin de vêtements, plutôt parce qu'elles s'ennuyaient. Ivy porte désormais une jupe bien trop courte pour une fille de son âge, et Quatre en est ressortie avec un débardeur censé mettre en valeur une poitrine qu'elle ne possède pas encore. Elles sont ridicules dans cet accoutrement, mais je les laisse faire. Tant qu'Ivy peut courir et lutter dans cette jupe, ça me va. Je ne suis pas leur mère.

— Vous savez vous battre, n'est-ce pas ? demandé-je sans prévenir.

Quatre me dévisage comme si j'étais folle.

— Comment a-t-on survécu si longtemps, d'après toi ?

— Quatre a été élevée par la Meute, m'explique Ivy. Pas ici. Dans un complexe à la campagne. Qui n'existe plus, avant que tu poses la question. Nous nous en sommes chargées. Quant à moi, mes gardiens ne m'ont pas appris à me battre, mais Quatre m'a enseigné ce qu'il fallait via notre lien.

— Votre lien ?

— Longue histoire, réplique Quatre en se détournant comme s'il s'agissait du sujet le plus ennuyeux du monde. Nous pouvons entendre les pensées de l'autre.

— C'est plutôt comme « sentir » l'esprit de l'autre, la corrige Ivy. Je sais toujours ce qu'elle ressent, comme si c'était mes émotions. Nous avons mis des années à les différencier. Il m'arrive encore de pleurer sans savoir pourquoi jusqu'à ce que je réalise que c'est Quatre qui est triste. Je crois que nous avons toujours su que l'autre existait, même quand nous étions bébés, mais nous ne nous sommes vues qu'à l'âge de… neuf ans, je dirais ?

— Dix, rectifie Quatre sans nous regarder. Puis ils ont essayé de nous séparer à nouveau il y a deux ans. Grossière erreur.

Ouah. Je suis abasourdie. J'ai une certaine envie de les câliner, or ça me ressemble si peu que j'arrête cette pensée avant de pouvoir répondre quoi que ce soit. Évitons d'être sentimentales. Elles pourraient ne pas me respecter, si je fais ça.

Un chat se frotte contre mes jambes. C'est Tempête, noire comme la nuit, mais trahie par ses prunelles azuréennes. Je me baisse pour lui caresser la tête, et elle ronronne un instant avant de rejoindre Ryker. Je lui envie sa capacité à pouvoir leur parler même sous forme humaine. Je ne peux que distinguer leurs intentions, pour ma part, et ils peuvent me comprendre ; toutefois, si je veux avoir une véritable conversation avec un chat, je dois me transformer. J'imagine que c'est vivre parmi eux toute son existence qui a conféré cet avantage à Ryker.

— Ils sont prêts, annonce-t-il, et tout le monde se tourne vers lui. J'ai posté des chats tout autour du bâtiment à l'heure où nous parlons. Le temps que nous arrivions sur place, ils pourront nous faire un rapport détaillé.

Je me redresse et fais craquer mes articulations.

— Bien, alors allons-y. Nous avons des réponses à trouver et un labo à détruire.

CHAPITRE 7

Quatre et Ivy semblent aussi à l'aise que moi sur les toits. Bien qu'elles soient plus légères et petites, ma nouvelle force me rend plus rapide que tous les autres. J'essaie de ne pas trop puiser dedans. Je ne veux pas recommencer à avoir soif de sang. Pour l'instant, je me sens normale, mais qui peut dire combien de temps cela va durer. Cela dit, je me fiche un peu de tuer toutes les personnes présentes dans le labo. Dans cet endroit-là, j'ai le droit de me comporter comme une folle. J'espère que nous trouverons des réponses, et dans le même temps, je crains ces dernières. Je me prépare mentalement à ce qui nous attend tandis que nous filons à travers la ville. Je peux m'occuper des gardes et des membres de la Meute. K2 constitue en revanche une variable inconnue. Bien que je refuse de croire ce que les jumelles m'ont dit sur elle, je dois me tenir prête s'ils lui ont fait un lavage de cerveau et l'ont conditionnée pour combattre ses propres sœurs. Si elle nous attaque, si elle s'en prend à mes hommes ou aux jumelles, je devrai agir. Je ne dégainerai pas la première, mais je nous défendrai de toutes mes forces. Le plan consiste cependant à la capturer vivante, puis à dévaliser le laboratoire.

Je m'aventure rarement de ce côté-là de la ville. Il n'y a pas grand-chose ici à part de simples habitations. Pas assez pauvres pour abriter les individus sordides avec lesquels je fais parfois affaire, et pas assez riches pour les cambrioler. Pas assez importantes pour y assassiner quelqu'un. Je n'ai aucune raison de me rendre dans cette zone, ce qui en fait un endroit parfait pour cacher un labo de la Meute. Personne ne soupçonnerait une telle installation de se trouver là, parmi ces ennuyeuses maisons en brique et ces rues sales. De ce que j'en sais, il n'y a même pas de magasin dans les environs. Sans intérêt.

Nous n'échangeons pas un mot pendant le trajet, jusqu'à ce que nous ayons rejoint un toit non loin de notre objectif. Je peux sentir d'ici les chats de Ryker. Les jumelles lui ont décrit l'endroit où se trouvait le laboratoire, afin qu'il puisse y envoyer ses amis en avance. Je pense que Quatre et Ivy sont jalouses de mon réseau de surveillance félin. Je me penche pour caresser à nouveau Tempête. Elles peuvent l'être. Mes chats sont géniaux.

Je suis surprise que l'installation soit en pleine effervescence à cette heure-ci. J'aperçois des lumières depuis ma position, indiquant que des gens travaillent toujours. La mort des dirigeants de la Meute n'a pas stoppé leurs activités. Peut-être qu'ils ont de quoi s'occuper encore quelques semaines, ou peut-être qu'ils sont contrôlés par des personnes d'un rang plus élevé dans la Meute. Avec un peu de chance, nous n'avons plus longtemps à attendre avant d'avoir des réponses.

Un chat d'un certain âge aux moustaches grises court jusqu'à Ryker pour lui faire son rapport en miaulant.

— Ils ont senti au moins cinq humains à l'intérieur, plus d'autres espèces qu'ils n'ont pas identifiées. Pas des sirens, puisqu'ils connaissent trop bien l'odeur de Gryphon pour confondre.

— Ces espèces de soldats mutants, peut-être ? suggéré-je.

— C'est possible. Ils n'ont pas perçu d'odeur ressemblant à

la tienne, mais c'est un bâtiment de plusieurs étages et aucun des chats n'a pu entrer, alors il est probable que K2 y soit sans qu'on le sache. Si elle n'a pas quitté les lieux depuis plusieurs jours, cela peut expliquer que son odeur ne se trouve pas à l'extérieur. Les chats ne peuvent pas sentir d'aussi loin.

Tempête feule, et je lui caresse la tête pour la calmer.

— Tes sens sont meilleurs que ceux d'un chien, lui dis-je honnêtement, et elle se blottit contre ma jambe.

Je l'aime bien ; je devrais passer plus de temps avec elle. Quand je suis sous forme animale, elle ressemble à mon bébé, avec sa fourrure noire, alors qu'elle est plus âgée que moi.

— Tout le monde est prêt ? demandé-je en observant mon équipe.

Les gars acquiescent une fois, très sérieux, et les jumelles semblent impatientes d'y aller. Les chats, quant à eux… eh bien, ils se comportent comme tels, suppliant qu'on leur caresse la tête et leur accorde notre attention.

— Vous savez tous quoi faire. Dévastons cet endroit du sol au plafond.

Je prends une grande inspiration pour me préparer. Immédiatement, mes sens s'intensifient. Le monde s'affûte et s'éclaircit dès que je concentre une partie de mon énergie métamorphe dans mes yeux. Ma vision nocturne est excellente, même sous forme humaine ; j'y vois comme en plein jour. Mon acuité auditive s'accroît tellement que je peux percevoir les battements de cœur de la femme dormant dans la maison en dessous de nous. Elle ignore qu'elle a plusieurs assassins au-dessus de sa tête.

Après une dernière vérification pour m'assurer que mes couteaux sont bien là où ils le devraient, je bondis sur le toit d'en face, ayant désormais une vue dégagée sur le labo. C'est un grand bâtiment qui détonne dans ce quartier. Haut, aux lignes racées, plein de vitres. Je suis impatiente de les briser. Je parie que ce serait magnifique de voir toutes ces fenêtres exploser en même temps, faisant pleuvoir des éclats de verre tels des flocons de neige. Je souris à cette pensée. Je trouve toujours quelque chose pour m'émerveiller.

Je m'accroupis, pour le cas où il y aurait des gardes en bas. Je suis certaine que c'est le cas, bien que nous ne distinguions personne à l'extérieur. Gryphon nous a dit qu'ils se servent de la même technologie siren que celle que nous avons croisée récemment : ces sons suraigus qui poussent les gens à se détourner d'ici sans raison. Heureusement, ça ne fonctionne sur aucun de nous. Encore une fois, c'était une bonne idée de laisser les humains à la maison.

Je reste sur le toit en attendant que les autres se mettent en position. Tempête se place à côté de moi, telle une ombre dans la nuit. Ce qu'elle est plus ou moins. Une ombre duveteuse qui réclame des caresses.

— Tu es sûre d'être un chat ? murmuré-je. On dirait un chien en manque d'amour.

Elle feule, mais continue à frotter sa tête contre ma main, en demande d'attention. Elle profite complètement de la situation, puisque je n'ai rien d'autre à faire en attendant que tout le monde se mette en position. C'est sournois.

Je la câline distraitement tout en surveillant l'entrée du laboratoire. De grands stores dissimulent l'intérieur ; cependant, grâce aux chats de Ryker, nous savons déjà que plusieurs personnes s'y trouvent, au moins au rez-de-chaussée. Je pourrais sans doute en apprendre plus si je restais plusieurs heures ici à laisser libre cours à mes sens félins, mais il me faudrait pour cela être patiente – ce que je ne suis pas ce soir. Cette installation contient peut-être les réponses dont j'ai désespérément besoin. Plus vite j'y entrerai, mieux cela vaudra.

J'ai l'impression que Gryphon met une éternité à arriver aux portes du laboratoire. S'il y a la moindre technologie de sirens, il pourra la désactiver pour que nous puissions pénétrer à l'intérieur. C'est pratique d'avoir un siren de notre côté, surtout un aussi séduisant que lui. Je ne peux m'empêcher de mater ses fesses tandis qu'il s'avance lentement vers le bâtiment. Son jean noir est particulièrement moulant ce jour-là. Il devrait en porter des comme ça plus souvent.

Tempête miaule, approbatrice.

— Il est trop grand pour toi, soufflé-je. En plus, il est à moi.

C'est agréable à dire. À moi. Ma panthère ronronne au fond de moi. Tout avouer m'a vraiment aidée. Il me faudra encore du temps pour m'habituer à l'idée d'être dans une relation, mais pour l'instant, je suis contente de les revendiquer, tous les trois.

La lumière du laboratoire clignote une fois. C'est le signal. Gryphon s'est débarrassé des éventuels gardes qui attendaient à l'entrée. Deux ombres s'en approchent. Ryker et Lennox. Ils se faufilent à l'intérieur, rejoignant Gryphon. Je suis un peu jalouse qu'ils s'amusent sans moi tandis que je surveille de loin. Des cris résonnent dans le bâtiment, trop bas pour qu'un humain les entende. Je grimace. C'est trop injuste. J'ai envie de jouer, moi aussi. J'espère qu'il m'en restera quelques-uns. Même si cela enlèverait tout intérêt à ma mise à l'écart, à savoir m'empêcher d'entrer dans une nouvelle folie meurtrière. Je dois garder le contrôle si je veux trouver l'information dont j'ai besoin et affronter K2 – ce que les jumelles ignorent ; elles pensent que je suis là pour coordonner l'attaque.

Je patiente en caressant la fourrure soyeuse de Tempête, qui tire totalement profit de la situation. J'aurais fait la même chose à sa place. Nous nous ressemblons, de ce côté-là.

Enfin, les lumières clignotent une nouvelle fois. L'heure du spectacle a sonné. Je descends du toit en trouvant sans peine des prises pour mes pieds sur les briques. J'adore les vieux bâtiments comme celui-ci, ils sont si faciles à escalader. Il aurait été bien plus difficile de grimper sur le laboratoire vitré,

D'ailleurs, voilà pourquoi nous passons par la grande porte. Nous sommes assez puissants pour pouvoir renoncer à l'avantage de la discrétion et nous livrer à une attaque frontale. J'espère que nous n'avons pas été trop présomptueux. Après tout, il doit bien y avoir une raison expliquant que ce laboratoire fonctionne toujours alors que les dirigeants sont décédés.

Les jumelles apparaissent de nulle part, se plaçant à mes côtés tandis que nous avançons dans le bâtiment, suivies par plusieurs chats. L'odeur de la mort imprègne l'atmosphère. Trois corps gisent au sol, dans une mare de sang. La faim s'éveille en moi, mais je la repousse. Je ne peux pas me permettre de perdre le contrôle maintenant, même si les cadavres ont l'air si appétissants.

— Je la sens, déclare tout à coup Quatre en se figeant. Elle est là.

— K2 ? l'interrogé-je en sortant mes couteaux de leurs fourreaux.

— Oui. Elle n'est pas loin. Restez sur vos gardes.

Les garçons nous attendent près d'un escalier offrant l'accès à la fois à l'étage et au sous-sol.

— Une idée d'où elle peut être ? demande Ivy à sa sœur.

Quatre pivote sur elle-même, les yeux fermés.

— En haut. Je crois. C'est difficile à dire. Il y a aussi quelques mutants.

Je pousse un grognement.

— C'est ce que je craignais. Ils sont si pénibles à tuer.

Je me tourne vers les gars.

— Lennox, Ryker, vous vous chargez du sous-sol. Gryphon, tu viens avec nous. Si K2 nous donne du fil à retordre, tu pourras peut-être te servir de tes astuces de siren sur elle. Souviens-toi, nous la voulons en vie. On ne tue pas ma sœur.

Ivy se renfrogne.

— Ce n'est pas notre sœur. Elle est partie trop loin.

Je la fusille du regard.

— On ne renonce pas à l'une des nôtres. On ne la tue pas.

Elle marmonne tout bas, mais je ne cherche pas à écouter. Je ne veux pas de dissensions entre nous en cet instant, nous devons nous concentrer.

Je me précipite à l'étage en courant, espérant que tout le monde me suivra.

— Attends ! intervient Ryker, me coupant dans mon élan. Je t'envoie quelques chats, ils pourront servir de messagers si besoin.

Bien sûr, Tempête décide de m'accompagner, à l'instar de deux femelles que je ne connais pas encore. La plus grande est tigrée et possède un ventre couleur fauve duveteux. La deuxième est petite et transpire l'ennui, comme si elle se fichait totalement de ce qu'il se passait actuellement.

Les autres suivent Ryker au sous-sol. Difficile de nos jours de m'imaginer faire quoi que ce soit sans une bande de matous dans le coin. Ils sont pratiques et peuvent aussi servir de distraction.

— Elle n'est pas loin, murmure Quatre dans mon dos.

Je renifle tout en montant les marches deux à deux. Je ne distingue rien de plus qu'une fragrance humaine mêlée à une odeur de siren. Quoi que fasse Quatre pour sentir K2, je n'en suis pas capable. Quand nous aurons fini ici, il faudra que je découvre quelles autres compétences possèdent les jumelles. Nous pourrons peut-être nous enseigner deux ou trois trucs, ou au moins profiter des dons de chacune.

Les marches ne s'arrêtent jamais. Elles semblent éviter le premier étage et nous mener tout droit au second. Bizarre. Une porte en verre sépare le couloir de la cage d'escalier. Bien que tentée d'envoyer Gryphon à l'étage suivant, je me retiens ; nous pourrions avoir besoin de lui. Même si cela me paraît un peu exagéré d'avoir trois personnes avec moi, si les jumelles ont raison à propos de la force de K2, cela pourrait être nécessaire.

Nos pas résonnent dans le couloir vide, alors que nous

sommes tous des experts en marche silencieuse. Nous vérifions tour à tour les portes devant lesquelles nous passons, mais toutes ne cachent que des bureaux ennuyeux ne contenant qu'un espace de travail, un siège et quelques étagères. J'espère que nous trouverons l'information que nous cherchons ailleurs et n'aurons pas à fouiller chacune de ces pièces. Ce serait la pire corvée du monde.

— Elle est...

Avant que Quatre ne parvienne à finir sa phrase, un mouvement flou attire mon attention juste à temps pour voir quelqu'un tomber du plafond. Du plafond, merde ! Comme une araignée. Elle atterrit devant nous en position accroupie, nous bloquant le passage. D'ordinaire, j'aurais utilisé mes couteaux pour me jeter sur elle sans tarder, mais je la reconnais à sa gestuelle. Elle est moi. Ma sœur. Elle fait ma taille, en un peu plus mince et avec les cheveux coupés court. Elle est entièrement vêtue de blanc, contrastant grandement avec le noir que Gryphon et moi portons. Elle ne dit pas un mot. Elle se contente d'attaquer.

Elle bondit dans les airs, droit sur moi. Je me mets à quatre pattes et parviens à lui échapper de justesse, mais Gryphon n'a pas autant de chance. Elle l'atteint en pleine poitrine, et tous deux s'écroulent au sol. Il pousse un cri et l'odeur de sang m'agresse les narines. Putain. Je saute sur mes pieds et me jette sur K2 par-derrière, essayant de la détacher de lui. Les jumelles se joignent à moi, l'agrippant chacune par un bras. Ses doigts dégoulinent du sang de Gryphon. Elle a des griffes à la place des ongles. Elle ne semble pas porter d'armes, cependant elle bouge bien plus vite que je n'en suis capable, alors je ne suis pas surprise qu'elle n'ait rien d'autre.

Elle se débat contre nous, mais nous sommes trois et puissantes, même les jumelles, bien qu'elles soient plus petites.

— Gryphon, ça va ? crié-je tout en refermant mes jambes autour de celles de K2 pour la maintenir immobile.

— Oui.

Il se relève tant bien que mal, révélant les profondes balafres qu'il a sur le torse. Même s'il saigne beaucoup, je ne peux rien y faire pour l'instant.

Tout à coup, K2 se met à trembler, comme si elle faisait une crise d'épilepsie. Je reste accrochée à elle, bien qu'elle me semble s'alourdir.

— Regardez ses mains ! hurle Ivy.

Ouah. Ses griffes s'allongent, devenant presque aussi grandes que son avant-bras. C'est. Quoi. Ce. Miaou. De. Bordel ? Il ne s'agit pas d'une métamorphose partielle, ça va au-delà de ça. Que lui ont-ils fait ?

Elle donne des coups de pied, et la douleur me traverse les tibias ; malgré tout, je parviens à tenir bon. L'odeur de mon propre sang se répand dans le couloir, se mêlant à celle de Gryphon. Elle doit avoir aussi des griffes aux pieds, même si je ne peux pas les voir dans cette position. Ça me fait un mal de chien. Cela dit, seule ma chair semble atteinte ; je peux bouger mes jambes normalement, donc aucun tendon ni os ne paraît endommagé.

— Gryphon, ta voix ! m'exclamé-je, comprenant que nous ne pourrons pas la retenir encore très longtemps.

Les jumelles ont de grandes difficultés à lui tenir les bras tout en échappant à ses griffes.

De la fourrure noire commence à apparaître sur son cou. Oh, non, tu ne vas pas faire ça. Sans réfléchir, je plonge mes dents dans sa nuque, mordant le plus fort possible. Son couinement en réaction est le premier son qu'elle émet depuis le début de l'attaque. Son sang se déverse dans ma bouche. Il a un goût aigre, comme du lait sorti du frigo trop longtemps. Clairement pas la saveur normale du sang, qu'elle soit métamorphe ou non. Quoi que les scientifiques de la Meute lui aient fait, cela a transformé K2 bien plus que les jumelles ou moi. Peut-être qu'elles avaient raison en affirmant que celle-ci est partie trop loin pour être sauvée.

Gryphon ouvre la bouche, et sa musique m'effleure, m'enlace comme une vieille amie. Je souris, mais ne me laisse pas atteindre trop longtemps par son effet apaisant. Nous sommes toujours en train de nous battre. La fourrure disparaît petit à petit, remplacée par de la peau pâle. Je ne comprends pas les paroles du chant siren ; toutefois, il ne m'est pas destiné. Gryphon ne l'entonne que pour K2, pour la calmer. Elle a cessé de se débattre et rentre peu à peu ses griffes. Je suis assez surprise : je n'aurais jamais cru qu'elle serait si facile à dompter. Je maintiens tout de même mes dents sur son cou et ma poigne sur elle. Elle fait peut-être juste semblant.

Gryphon prend tout son temps pour l'attirer dans sa musique. Je me sens enveloppée d'une chaude couverture confortable. Et d'une pointe de jalousie, parce qu'il chante pour K2, qui l'a attaqué et qui ne le mérite pas. Quand nous serons de retour à la maison, je lui demanderai peut-être de chanter à nouveau pour moi.

— Oui, murmure-t-elle.

J'échange un regard avec les jumelles. Pourquoi dit-elle ça ?

— Oui, répète-t-elle. Je le promets.

Cela doit avoir un lien avec la mélopée. Gryphon lui sourit, bien que sa douleur se lise désormais clairement sur son visage. Sa peau a pâli, faisant davantage ressortir ses cicatrices que d'ordinaire. Il termine lentement sa chanson, de telle sorte que l'écho de la musique résonne encore dans ma tête quelques secondes. Magnifique.

— Vous pouvez la libérer maintenant, déclare-t-il juste avant de s'écrouler.

Je lâche K2 et me précipite vers lui, m'agenouillant à ses côtés.

— Désolé, marmonne-t-il.

— De quoi tu t'excuses, merde ?

J'inspecte ses blessures. Elles sont plus profondes que je ne l'avais cru de prime abord et saignent abondamment. Je vais tuer K2 pour le mal infligé à mon homme. D'accord, je ne le ferai pas, mais je pourrais la torturer. Personne ne touche à mon siren.

— Je peux l'aider, indique Ivy en s'agenouillant à mes côtés. Je vais devoir le lécher.

Je la fixe, bouche bée.

— Le lécher ?

— Ma salive contient des enzymes cicatrisantes. Celle de Quatre aussi, la mienne est simplement plus puissante. Cela ne suffira pas à guérir totalement ses blessures, mais cela devrait arrêter le saignement.

— Tu veux lécher Gryphon, répété-je lentement. Je pense que c'est la chose la plus bizarre que j'aie jamais dite.

Elle rit tout bas.

— Crois-moi, lécher les hommes, ce n'est pas trop mon truc. Je ne l'ai fait qu'avec une seule autre personne en dehors de ma sœur. De mon plein gré, je veux dire.

Son visage se durcit.

— Évidemment, la Meute a bien tiré profit de ce don.

Mon ventre se noue à l'idée de ce que mes sœurs ont été contraintes de faire. Elles sont toujours jeunes, presque des enfants, et pourtant, elles ont traversé bien plus d'épreuves que n'importe qui ne le devrait. Comme je déteste la Meute. Il me tarde d'embraser ce bâtiment et de tuer toutes les personnes à l'intérieur.

— Fais-le, l'encourage Gryphon, les dents serrées.

Je détourne le regard tandis qu'elle s'exécute, parce que c'est trop bizarre.

Il pousse un soupir, et je me tourne vers lui, les sourcils froncés. On aurait dit qu'il appréciait.

Il efface sans tarder son sourire soulagé de ses lèvres.

— Que c'est désagréable, grogne-t-il avec emphase.

Quatre toussote.

— Quand vous aurez terminé de vous lécher mutuellement, on pourra s'occuper de K2 ?

Je me relève et m'approche de mes deux sœurs. Quatre tient un couteau sous la gorge de K2, mais son aînée ne réagit pas du tout. Ses yeux sont à la fois rivés sur Gryphon et étrangement vides.

— Sais-tu qui je suis ? lui demandé-je.

Elle ne m'accorde aucune attention, son regard ne dévie pas, même si je me suis placée entre Gryphon et elle.

Ma confusion se lit sur le visage de Quatre.

— Elle a déjà été comme ça avant ?

Elle secoue la tête.

— Non. Elle nous a toujours attaquées, sans faiblir. Nous avons essayé de lui parler, mais elle s'en fichait. Ça, c'est nouveau.

— Je pense qu'ils l'ont conditionnée pour être particulièrement sensible à un chant siren, intervient Gryphon dans mon dos, en se levant lentement. Ils avaient besoin d'un moyen de contrôle sur elle, d'autant plus qu'elle ne porte pas de collier. Je parie qu'elle reçoit ses instructions de sirens et qu'elle suit les ordres tant qu'on ne lui en donne pas d'autres.

Ceci expliquerait cela. Et nous facilite la tâche pour gérer K2. Bien sûr, nous ne pouvons pas compter sur le fait que Gryphon lui dise quoi faire à vie, mais ça le fera pour l'instant. Cela nous évitera de la combattre. Les jumelles avaient raison : K2 constitue une menace plus grande que je ne l'avais pensé.

— Pouvons-nous nous fier à son état actuel ? Elle ne va pas nous attaquer à nouveau ?

Il l'étudie de près.

— Je n'en suis pas sûr. Je le crois, mais c'est nouveau pour moi. Personne n'a jamais réagi si vite à mon chant. Je n'ai eu quasiment aucun effort à faire. Elle a juste accepté ce que je lui disais sans lutter. C'est flippant, à vrai dire. Je me sens trop puissant, ça me met mal à l'aise.

— La plupart des gens seraient ravis d'être puissants, fait remarquer Ivy.

— Pas Gryphon, répliqué-je fièrement. Il est différent.

— Eh oui, c'est tout moi, confirme-t-il, amusé. On peut y retourner ? K2 est peut-être sous contrôle, mais je parie que d'autres obstacles nous attendent.

— Je pense que tu devrais rester ici. Enferme-toi dans une pièce avec elle tandis que les jumelles et moi explorons le bâtiment. Tu es quand même blessé, alors il vaudrait mieux que personne ne puisse t'enlever ton emprise sur K2. Au fait, tu peux lui demander si elle a un nom ?

Il lui répète ma question.

— K2, répond-elle d'une voix sans timbre.

Eh bien, aucun nom, donc. Je m'en doutais. Elle ne semble pas avoir le moindre fragment de personnalité.

— Je préférerais vous accompagner, commence Gryphon, mais je le coupe.

— Ne proteste pas, tu sais que j'ai raison. Tempête va rester avec toi. Si tu as besoin de nous, envoie-la-nous.

Les chats, qui se sont tenus à l'écart pendant la bagarre, se rapprochent maintenant qu'ils m'ont entendue. La chatte noire se frotte contre mes jambes, et je ne résiste pas au plaisir de la caresser une dernière fois entre les oreilles.

J'attends qu'ils s'enferment tous les trois dans un bureau – et en verrouillent la porte – avant de poursuivre ma progression dans le couloir, flanquée des jumelles. Cette fois-ci, je garde un œil sur le plafond, juste au cas où un autre assassin tenterait une nouvelle approche par les airs.

Tout à coup, une sirène retentit, hurlant dans tout le bâtiment. Mes oreilles tintent. Merde. J'avais espéré que nous pourrions empêcher le personnel du labo d'appeler à l'aide, mais maintenant qu'ils l'ont fait, nous n'avons pas le choix ; nous devons nous préparer à affronter les combattants de la Meute qui vont venir. Nous devons faire vite.

Les jumelles vérifient chaque bureau tandis que je continue tout droit, jusqu'à atteindre deux portes en verre dépoli au bout du couloir. Je m'immobilise et étends mes sens. Deux personnes à l'intérieur : des humains. Je saisis mes couteaux. Je vais enfin pouvoir m'amuser.

CHAPITRE 8

*J*e lance un couteau sur l'humain qui se tient dans le fond, un type baraqué qui se cache derrière une table. C'était stupide de sa part de lever la tête juste quand j'ai déboulé. La lame s'enfonce dans sa gorge, et il gargouille alors que le sang gicle de la blessure. Magnifique.

Je me jette sur l'autre humain, une femme en uniforme de protection. Elle agite deux dagues incurvées, d'une manière qui m'indique qu'elle s'y connaît. Elle répond coup pour coup à mes attaques en souriant, comme si elle savourait le défi. Moi aussi, je serais impatiente de me battre si je devais rester assise toute la journée dans un labo ennuyeux.

Je parviens à bloquer ses coups sans peine, même si je dois bien admettre qu'elle est plutôt douée, pour une humaine. Elle n'est cependant pas une mutante, elle est bien trop lente pour ça. Je cesse d'être sur l'offensive, afin de faire durer notre combat, dont j'apprécie chaque seconde. Voilà pourquoi je fais ce boulot. Cette puissante poussée d'adrénaline. La clarté soudaine. La façon dont le monde s'affûte tandis que j'anticipe chaque attaque et y réponds. Je pourrais faire ça toute la journée.

Quelque chose siffle à côté de mon oreille et se fiche dans la gorge de la femme. Un couteau.

— Hé, j'étais en train de m'amuser, râlé-je à l'intention des jumelles en rengainant mes armes.

Quatre s'avance pour retirer la lame de la chair de la femme.

— On n'a pas le temps pour ça.

Elle a raison, mais c'était censé être ma cible. J'en ai un goût amer dans la bouche. Quatre essuie son couteau sur son pantalon blanc, laissant une grande tache de sang vif. Pourquoi les deux filles ont-elles insisté pour porter du blanc ? C'est tellement peu pratique pour ce genre d'activités nocturnes. Il doit y avoir une raison pour ça, or cela devra attendre.

Le labo n'est pas très large et ressemble en tous points à celui dans lequel j'ai affronté Mamie Docteur. Mon cou me picote à cette pensée. Elle a réussi à me remettre un collier et a failli me tuer. Cela n'arrivera pas cette fois-ci. Fitzroy est morte, de même que mon autre créateur. Gryphon et moi avons assassiné les dirigeants de la Meute. J'ai exécuté un tas de scientifiques à leur solde, dans la maison bleue. Nous les exterminons un à un, tels les rats qu'ils sont. Avec un peu de chance, il s'agit ici du dernier repaire à détruire.

Ivy et Quatre commencent à fouiller les étagères placées contre les murs. Je les laisse faire et m'intéresse pour ma part aux quatre tables allongées. Bien qu'immaculées, elles dégagent une odeur familière. Je bondis par-dessus l'une d'elles – la contourner est tellement naze – et suis la piste olfactive. Un tiroir étroit est entrouvert sous la surface métallique, révélant une dizaine de fioles. J'en attrape une et la renifle. Oui, c'est bien ce que j'ai perçu.

Cela me rappelle quelque chose sur lequel je n'arrive pas à mettre le doigt. Des agrumes, mêlés à une fragrance plus vive qui m'érafle le fond de la gorge. Je ferme les paupières et me concentre dessus. Un autre labo… pas celui de la Meute. Le mien. Mélangé à une deuxième odeur, que je sens tous les jours. Bethany. Et à du caoutchouc, l'odeur d'une tenue de protection.

Je rouvre les yeux, maintenant certaine que j'ai déjà croisé cette odeur avant. Bethany essayait de reproduire une drogue qu'elle a vue mentionnée dans les documents de la Meute. Elle m'a dit que celle-ci avait été donnée à tous les clones, même si elle ne savait pas dans quel but. J'ignore si elle a réussi à synthétiser la substance avec succès, mais il doit s'agir du liquide ambré dans la petite fiole.

Bien que tentée de toutes les balancer au sol pour les détruire, je suppose qu'elles font partie du puzzle. Non, j'en suis sûre.

Donc j'en mets plusieurs dans mes poches, puis siffle pour attirer l'attention des jumelles.

— Vous avez déjà vu ou senti ça ?

Elles se rapprochent, recouvertes de poussière après avoir fouillé dans de vieux dossiers. Oui, à l'avenir, fini les fringues blanches.

Ivy renifle et secoue la tête, contrairement à Quatre, qui se fige, les yeux écarquillés.

— Où as-tu trouvé ça ?

J'indique le bureau derrière moi.

— Dans un tiroir. J'ai reconnu l'odeur. Et toi aussi, n'est-ce pas ?

Elle opine lentement.

— Oui, malheureusement.

— Ils t'en ont donné ?

— J'imagine, même si c'est un peu flou.

— Au moins, tu t'en souviens, réplique Ivy, la mine sombre. J'aimerais pouvoir en dire autant.

— Non, vraiment pas, souffle sa sœur, et Ivy pâlit tandis qu'elles échangent un regard.

Elles viennent de faire leur truc de pensées, là ?

— Dis-moi, Quatre, l'encouragé-je le plus gentiment possible. À quoi ça sert ?

Elle secoue la tête.

— Je ne veux pas en parler.

— Il faut que je sache.

Je serre les poings pour contrôler mon impatience et écrase presque la petite fiole dans la manœuvre. La douleur de ma sœur est évidente. Si j'étais quelqu'un d'autre, je l'enlacerais.

Ivy prend la main de sa jumelle.

— Veux-tu que je lui dise ?

Quatre lui adresse un sourire reconnaissant et acquiesce.

— Elle m'a montré ce dont elle parvient à se remémorer, m'explique Ivy. Et parfois, il est plus facile de laisser les autres parler à notre place. C'est déjà dur de voir ce souvenir, mais ça l'a été encore plus de vivre l'événement.

Oui, je comprends. Je leur envie leur connexion unique, même si j'imagine que cela leur a valu un tas de douleur et de torture de la part de la Meute.

— Ils l'ont conduite dans un laboratoire et attachée à une chaise, poursuit Ivy d'une voix sans timbre, comme si elle lisait tout haut un document ennuyeux, et non comme si elle relatait les souvenirs de sa sœur. Puis ils lui ont injecté cette drogue. Elle s'est débattue contre ses cordes, mais elle s'est vite fatiguée. C'est là que la douleur a commencé. Pas dans son corps : dans sa tête. On lui arrachait son félin. Le lien entre eux s'est effiloché pendant l'attaque.

— Attends, quoi ? la coupé-je. Comment ça, le lien avec son félin ?

— Ils nous ont changés, souffle Quatre sans me regarder dans les yeux. Ils nous ont brisés et nous ne nous en souvenons pas.

— *Non, nous vous avons rendues meilleures.*

J'ai dégainé mes couteaux et adopté une posture de combat, avant de me rendre compte que la voix est sortie d'un haut-parleur au-dessus de la porte. Masculine, elle est grave et menaçante.

— Je le connais, marmonne tout bas Quatre.

D'instinct, nous nous sommes placées en triangle, dos à dos.

— Tu es qui, toi ? crié-je.

— *Petite K1, tu as beau être une adulte, tu ne sais toujours pas bien te comporter. Ne t'en fais pas, je te l'apprendrai bien assez tôt.*

Il se prend pour qui, celui-là ?

— Et si tu venais là pour qu'on en discute en face ?

Il rit.

— *Non, j'aimerais mieux pas. J'ignore comment vous avez désactivé K2, mais je préfère ne courir aucun risque. Je vais plutôt attendre que mes ours vous conduisent à moi. Essayez de ne pas en tuer trop. Ils coûtent très cher à produire.*

— Il a parlé d'ours ? demande tout haut Ivy. D'ours métamorphes ? Je suis quasiment sûre que ça n'existe pas.

— J'espère que non, marmonné-je. Parce que si c'est le cas, on va avoir des ennuis. C'est gros, un ours.

Des pas s'approchent du labo. Je détache cinq aiguilles empoisonnées de mon col et les prends entre mes doigts, me tenant prête à les lancer. Elles ne sont pas aussi efficaces sur les métamorphes que sur les humains, mais elles les ralentiront quand même, voire les rendront somnolents.

Les filles se placent à mes côtés, leurs lames brandies. Cela me plaît que nous aimions les mêmes armes. Peut-être est-ce une question de génétique, peut-être est-ce le résultat de notre entraînement, qui sait ? Du coup, je me sens plus proche d'elles.

Avant que s'ouvre la porte, je les perçois.

— Ce ne sont pas des ours, ce sont des mutants, déclaré-je à l'instant où ils pénètrent dans la pièce.

Ils sont six. D'énormes brutes imposantes agitant des épées et des haches presque aussi grandes qu'eux. Ce sont les mêmes soldats que ceux que j'ai combattus récemment. Ceux dont j'aime boire le sang.

Je souris alors que l'un d'eux s'approche de moi.

— Salut, mon chou. Je vais adorer te sucer jusqu'à la moelle.

Puis j'envoie les aiguilles. Ce ne sont pas les mêmes que celles que j'avais pour affronter les brutes de leur espèce la première fois, puisqu'elles étaient inefficaces ; celles-ci sont recouvertes d'une formule nouvelle. J'espère qu'elles fonctionneront. En général, on peut faire confiance à Bethany pour faire d'excellents poisons.

Deux aiguilles atteignent l'homme à l'avant, et les autres sont destinées à trois autres mastodontes. Pour faire une expérience. Je veux voir si une seule suffit à les abattre.

Hélas, celui qui brandit désormais son épée et l'agite dans ma direction n'est pas du tout affecté par elles. Merde. J'étais tellement persuadée qu'elles marcheraient. Je m'arcboute et croise mes couteaux devant moi pour parer son coup, si violent qu'il fait trembler mes bras. Il est fort, putain. Alors que j'avais à l'origine prévu de dévier son attaque puis de riposter, je me laisse finalement tomber au sol sans prévenir. La brute perd l'équilibre et trébuche, m'accordant le temps nécessaire pour enfoncer deux aiguilles supplémentaires dans sa cheville, avant de rouler hors de sa portée. Enfin, il chancelle un peu, les yeux vitreux. Il ne s'est cependant pas encore écroulé comme il l'aurait dû. Je vais devoir virer Beth pour ça. Ou réduire son salaire de moitié. Elle m'a promis un poison assez puissant pour fonctionner sur les mutants. Peut-être que ceux-ci sont différents des précédents. Leur odeur est la même, mais ils paraissent légèrement plus gros.

Il se rue à nouveau sur moi, d'un pas malhabile, manquant de se rétamer. Un autre s'approche. Ces deux-là semblent frères, avec leur barbe broussailleuse et leurs regards sauvages. La hache de celui-ci est cependant un tantinet trop aiguisée à mon goût. Il est temps de changer de stratégie.

Je prends une grande inspiration et fais appel à mon

pouvoir de métamorphe. Autrefois, cela m'aurait donné une force supplémentaire et la capacité à me transformer à moitié, mais à présent, une puissance à l'état brut m'envahit. Elle atteint mon esprit comme une demi-douzaine de cocktails alcoolisés. J'aurai sans doute la gueule de bois plus tard.

Souriant, je me lance dans la mêlée. Lorsque l'un des ours mutants percute mes couteaux avec sa hache, je repousse l'attaque, nous surprenant tous les deux. Je tourne les poignets, faisant de même avec sa lame, m'offrant l'ouverture nécessaire pour me jeter sur son flanc. Malheureusement, son frère n'attend pas que nous ayons terminé notre combat.

Voyant du coin de l'œil sa hache m'arriver dessus, je m'arcboute jusqu'à ce que ma tête touche pratiquement le sol. Tandis que l'arme fend l'air au-dessus de moi, à un cheveu de mon nombril, je plonge mes couteaux dans les chevilles de l'homme. Il pousse un cri et, même si je sais qu'il va guérir très bientôt, tombe à genoux. La hauteur parfaite pour que je lui tranche la gorge, dès que j'aurai calmé son frère, que je poignarde au visage.

Tandis que le frère ayant un poignard dans la joue couine, je tranche avec ma lame la gorge de l'autre. Je traverse sans peine la chair et les os, grâce à ma nouvelle force. Je lâche le deuxième couteau un instant pour me consacrer à l'étêtage de l'ours. Sinon il va guérir, et je n'ai vraiment pas envie de le combattre à l'infini. Lorsque sa tête tombe enfin au sol avec un bruit sourd, je l'envoie d'un coup de pied à l'autre bout de la pièce. Quel plaisir.

Son frère rugit de rage et arrache mon poignard de son visage, laissant une profonde entaille qui dévoile les os en dessous. Il saigne cependant à peine. Ses capacités de guérison sont véritablement impressionnantes. J'aimerais posséder les mêmes.

Il ramasse l'arme de son frère et en agite ainsi deux dans ma direction. Génial. Enfin un peu de défi.

Le haut-parleur grésille un instant, avant que ne résonne à nouveau la voix de l'homme.

— *Dépêchez-vous, je n'ai pas toute la journée.*

C'est toute la distraction qu'il me fallait. Tandis que l'ours mutant écoute les mots de son maître, je me jette sur lui et plonge mon couteau dans sa poitrine, tordant la lame dès qu'elle s'enfonce. Je sens le moment où elle atteint son cœur et où la vie le déserte. Avec une arme en plein cœur, même lui ne peut pas guérir assez vite.

Il s'écroule au sol. Je laisse mon couteau dans son torse et ramasse celui qu'il a détaché de sa joue. Je l'essuie sur mon pantalon, contente de ne pas porter du blanc, contrairement aux filles.

Autour de moi, les bruits de lames s'entrechoquant créent une mélodie, comme un battement de tambour qui me donne envie de danser. Puisque aucune des jumelles n'a crié à l'aide, j'imagine qu'elles peuvent se débrouiller seules. Je dois tout de même me débarrasser de mes ours au plus vite, afin de pouvoir leur prêter main-forte, au cas où. Elles ont beau être des versions miniatures de moi, elles sont plus petites aussi. Impossible de prévoir quelle expérience elles ont du combat.

Je sors un couteau de ma botte et me dirige vers elles. Il est temps de danser.

CHAPITRE 9

Quatre est dans une forme excellente, mais manque de force. Elle est assez rapide et capable de se tenir hors de portée de la lame de son adversaire, tout en parvenant à lancer une attaque de temps à autre. Ivy est plus en difficulté. Elle aurait probablement pu s'occuper d'un seul soldat, mais à l'heure actuelle, elle est aux prises avec deux qui la font reculer dans un coin de la pièce.

Hors de question. Je saute sur une table et cours me jeter sur l'un des hommes. J'atterris sur son dos et enfonce mes poignards dans la zone tendre où son cou et ses épaules se rejoignent. Il pousse un cri animal et essaie de me déloger. J'hésite à crier de joie tandis qu'il me fait rebondir tel un taureau. J'ai toujours été tentée par le rodéo. J'ai découvert ça lors d'une foire il y a quelques années. Hélas, je n'avais pas assez d'argent pour me l'offrir. Voilà que j'ai mon taureau personnel. Je pense que je vais l'appeler Felix.

Je pourrais le finir sans peine, mais j'apprécie bien trop la chevauchée. Je le lâche d'une main, comme j'ai vu faire les meilleurs. Ce qui me permet en même temps de lancer des aiguilles empoisonnées sur l'homme contre lequel Ivy se bat.

Histoire de lui faciliter un peu la vie. Je n'ai pas l'intention de couver ma sœur, or je n'ai pas non plus envie qu'elle soit blessée.

Felix essaie de m'attraper pour me retirer de son dos, mais une simple torsion des couteaux fait pendre ses bras mollement sur les côtés. Il rugit, et, cette fois-ci, je ne peux retenir mon cri de joie. Felix est un super taureau. Je devrais peut-être le ramener à la maison et le dompter. Les filles pourraient en avoir un aussi, et nous pourrions faire des compétitions.

— Kat, un peu d'aide par ici !

Quatre a l'air d'avoir des ennuis. Argh. Je m'amusais tellement.

— Tu préfères que je te tue ou devenir mon taureau ? demandé-je à Felix.

— Tue-moi, gronde-t-il.

Déprimant. Je lui tranche la gorge, descends de son dos, puis détache sa tête de son corps. Quel dommage. Il aurait fait un super animal de compagnie.

Quatre se bat toujours contre deux soldats et ne semble pas s'en sortir aussi bien qu'avant. Elle a de multiples éraflures sur les bras, là où elle n'a pas réussi à éviter totalement ses ennemis, mais par chance, les blessures ne paraissent pas profondes. Sans doute assez superficielles pour que sa sœur puisse les soigner en les léchant.

Alors que je m'apprête à la rejoindre, elle entaille le cou de l'une des brutes, et une mare de sang jaillit dans les airs. Des gouttes atterrissent sur mon visage et je passe la langue sur mes lèvres sans réfléchir. Un divin nectar emplit ma bouche. Oh oui. Délicieux.

Je ne m'intéresse plus à la bagarre. Seule ma faim m'importe, ma soif du sang de cet homme me submerge. En moins d'une seconde, il se retrouve par terre tandis que je m'abreuve à sa jugulaire, avalant plusieurs gorgées de ce liquide sucré. Je n'ai jamais rien goûté d'aussi bon. Il tente de me repousser, mais je suis beaucoup trop forte pour lui. Le monde s'efface autour de moi, insignifiant. Je ferme les yeux et savoure ce nectar. Son sang est comme de l'herbe à chat mélangée à de la crème fraîche, et il m'emplit de bonheur. Je me roule en boule sur son corps inconscient et bois tout mon content. Lorsque ma soif est grandement étanchée, je ne m'arrête pas, je ralentis simplement, lapant son nectar vital pour ne pas en perdre une seule goutte.

Un ronronnement résonne dans ma poitrine. Je crois que je ne me suis jamais sentie aussi heureuse. C'est tellement meilleur que l'herbe à chat. Je sors et rétracte mes griffes – tiens, j'ai des griffes, maintenant – tout en passant la langue sur la blessure pour être sûre qu'elle ne se refermera pas. L'homme n'est pas encore tout à fait mort – j'entends toujours les faibles et lents battements de son cœur –, mais il a perdu conscience à cause de la perte de sang. Avec un peu de chance, ses pouvoirs de guérison vont lui permettre de renflouer son sang avant qu'il ne meure de ça. Il serait ma fontaine intarissable. Je n'aurais plus jamais à acheter à manger. De la nourriture gratuite, nutritive et délicieuse.

Je ronronne à nouveau. Je vis un rêve éveillé.

— Kat, réveille-toi.

Il faut toujours qu'il y ait un rabat-joie. Je l'ignore et prends une nouvelle gorgée. Je me sens vaseuse et toute chaude.

— Elle est complètement stone. Une idée de ce qu'on peut faire ?

— Trouver Gryphon, il saura quoi faire.

Je les laisse parler, car je me moque bien de leur sujet de conversation. Tout ce qui m'intéresse, c'est le sang. L'herbe à chat liquide est la meilleure invention du monde.

— Kat ?

C'est gentil à Gryphon de se joindre à moi.

— Tu veux du sang ? marmonné-je.

— Non, nous n'avons pas le temps pour ça. D'autres arrivent.

— D'autre sang ?

Pour une raison que j'ignore, il pousse un grognement.

— Non, d'autres personnes cherchant à nous tuer. Tu peux te battre ?

— Hors de question, intervient quelqu'un. Elle est trop à l'ouest. Elle va être un boulet.

Je lève la tête pour fusiller du regard la personne qui vient de dire ça. Je ne suis pas…

Je tressaille en percevant les nouveaux sons. Des pas au loin. Des halètements. De rapides battements de cœur. Je les compte, même si c'est difficile.

— Vingt, marmonné-je, réalisant que c'est sans doute important.

Plus important que la délicieuse source à laquelle je m'abreuve.

— Merde. Toi, petit chat, va chercher Ryker. Dis-lui qu'on a besoin de lui. Je ne suis pas sûr de pouvoir garder K2 sous contrôle si je dois me battre.

La peur dans sa voix me fait réagir d'instinct. Je me relève et me transforme. Non, je crois que je me transforme d'abord et que je me relève ensuite. C'est un peu embrouillé, mais la sensation de danger m'aiguillonne ; je quitte le laboratoire et retourne dans le couloir. Ils arrivent. Ils franchissent la porte deux étages plus bas. Les voilà. Vingt hommes à l'odeur d'herbe à chat. J'ai envie de boire jusqu'à la dernière goutte de leur sang, mais je dois avant tout protéger ma famille.

Je file à toute allure, touchant à peine le sol, jusqu'à avoir rejoint les premiers ennemis. Ils brandissent leurs armes dans ma direction, et tout se passe au ralenti. Enfin, ils sont au ralenti alors que je me mets en mouvement. Je suis rapide. Je plonge sous leurs lames, arrache les gorges une à une. Mes griffes éviscèrent et déchiquettent de la chair, tandis que mes mâchoires brisent des os dans de délicieux craquements. L'un après l'autre, ils cessent de respirer. Certains recommencent avant que je n'aie pu leur arracher la tête, mais ils n'ont pas le temps de guérir. À la fin, ils seront tous morts.

Quelques lames entaillent ma peau, toutefois je sens à peine la douleur. Je suis plus forte que n'importe lequel d'entre eux, et plus rapide. Je suis une prédatrice et ils sont mes proies. Ils auraient dû le comprendre et baisser leurs armes ; ils sont trop stupides pour ça. Ils n'ont pas été créés pour réfléchir. Ils ont été créés pour me servir de source d'alimentation. Quelque chose me titille l'esprit à cette pensée, comme un détail important, mais je n'ai pas le temps d'y songer. J'ai d'autres vies à prendre, d'autres gorges à trancher, davantage de sang à boire.

Lorsque mes sœurs me rejoignent, il ne reste plus que deux hommes. Je me détourne et les laisse s'en charger. Je suis gentille de leur offrir une chance de s'amuser. Pour ma part, je retourne auprès de ma famille. Gryphon se tient à l'entrée du labo, avec mon autre sœur à ses côtés. Elle a une odeur étrange. Je ne l'avais pas réalisé jusque-là, mais il y a vraiment quelque chose qui cloche dedans. Elle est semblable à la mienne, quoique déformée, comme si quelqu'un avait choisi une magnifique mélodie et y avait ajouté des accords et des notes dissonants. Je me frotte contre les jambes de Gryphon pour l'encourager à me gratter complètement la tête. Il s'exécute. Cependant, il se contente d'une petite zone.

— Tu devrais te laver d'abord, me dit-il. Tu es couverte de sang, et je crois que tu as un morceau de colon sur le dos.

À contrecœur, je m'assieds et me lèche le poil. Le sang n'a pas aussi bon goût que lorsqu'il est prélevé directement de la veine. Malgré tout, il reste savoureux. Derrière moi, les battements de cœur se sont tus. Mes sœurs ont tué les deux derniers mutants. Braves filles. Elles reviennent vers nous, suivies par deux autres paires de pas. Ryker et Lennox. Je les reconnais immédiatement. Ils sont accompagnés par les bruits plus légers des pattes de chats.

Les haut-parleurs du laboratoire bourdonnent un instant, puis une voix familière se fait entendre.

— *Je suis presque impressionné. Nous aurions peut-être dû te donner ce sang B4 plus tôt. Il a des effets assez fascinants.*

— Vous le connaissez ? souffle Gryphon.

— Non, répond Ivy.

— Peut-être, marmonne sa sœur en même temps.

— Non, miaulé-je, sous forme d'un grondement grave que les autres ne vont sans doute pas comprendre.

Gryphon me caresse la tête d'un air absent. Enfin. Peut-être que je dois grogner pour obtenir des câlins de sa part.

Ryker et Lennox entrent en trombe dans le labo, suivis par beaucoup de chats. Certains ont du sang sur la fourrure, comme s'ils avaient pris part à la fête, eux aussi.

Ryker observe la pile de corps sur le sol.

— Vous avez été occupés. Qui est à l'origine du bazar dehors ? Kat, je présume ?

Je lui souris, lui dévoilant mes crocs aiguisés. Il présume bien.

— Elle est stone, explique Gryphon. Trop de sang. Nous devons la faire sortir avant qu'elle ne fasse quelque chose de stupide.

Je grogne. J'ai beau avoir l'esprit embrumé, je sais reconnaître une insulte quand j'en entends une.

Il m'ignore.

— Et voilà K2. Je l'ai domptée grâce à mon chant de siren, donc pour l'instant, on ne craint rien avec elle. Qu'avez-vous trouvé au sous-sol ?

Lennox hausse les épaules.

— Beaucoup de pièces de stockage sans intérêt. Quelques mutants ont tenté de se mettre en travers de notre chemin, mais on s'en est débarrassés sans problème. On s'apprêtait à vous rejoindre quand Eiryss est venue nous chercher.

La grande chatte tigrée miaule avec arrogance en entendant son nom.

— *Quelle charmante assemblée.*

La voix dans le haut-parleur commence à m'énerver. J'arrête de me lécher pour me redresser et lui grogner dessus.

— *Quel dommage que je doive vous tuer tous. Cela dit, je suis impatient de vous autopsier. Vous devriez être fiers. Vous allez beaucoup aider la science.*

Feulant, je me précipite vers la porte, saute le plus haut possible et tends les griffes vers l'appareil métallique. Il atterrit au sol avec un agréable fracas, de même que quelques morceaux de mur. Oups.

— Merci, Kat, j'étais à deux doigts de faire pareil, commente Lennox, tout sourire. Ce type parlait beaucoup trop. Doit-on continuer notre exploration ?

À vrai dire, je préférerais m'attarder par ici, non loin des corps ensanglantés qui n'attendent que d'être vidés. Même si je n'ai plus faim, il me reste toujours une petite place pour le dessert.

Tout à coup, un cliquetis retentit au niveau des portes.

Ryker s'y précipite et teste la poignée.

— Elles sont verrouillées !

Je trottine avec paresse dans cette direction. Elles ne seront pas un problème pour moi. Je suis plus forte que des portes sans vie. Elles n'ont même pas de griffes.

Alors que je m'apprête à leur sauter dessus, un sifflement attire mon attention vers le plafond. De la fumée bleue flotte dans la pièce depuis de petites valves que je pensais destinées à faire pleuvoir de l'eau en cas d'incendie.

— Du gaz ! crie Gryphon. Nous devons partir d'ici !

Lennox sort des outils de crochetage d'une poche dissimulée près de son col. J'adore le fait qu'il cache ses aiguilles et ses ustensiles aux mêmes endroits que moi. Cela crée une sorte de lien entre nous. Il s'empresse de rejoindre les portes et s'agenouille pour s'occuper des serrures. Je pense toujours que je devrais attaquer ces portes, mais pour une raison que j'ignore, les autres ne semblent pas approuver mon plan.

La fumée recouvre à présent tout le plafond et descend peu à peu. Bien qu'elle progresse lentement, elle nous atteindra très vite. Face au danger, mon esprit s'éclaircit un peu. Nous devons sortir d'ici. Oui, Gryphon l'a déjà dit, mais il m'a fallu un peu de temps pour comprendre ses mots.

Ryker tousse.

— Je ne sais pas ce que c'est. Rien de bon, à mon avis. Plaquez du tissu sur votre bouche.

Sur ces mots, il retire son tee-shirt et le déchire en plusieurs bandes. J'aurais pu l'aider pour ça. Son torse sombre et nu me fait saliver. Il est magnifique et attire ma langue. J'espère presque que son haut ne suffira pas et qu'il devra aussi enlever son pantalon.

Il tend aux autres des morceaux de tissu, et ils suivent son exemple, l'attachant autour de leur tête afin de couvrir la partie basse de leur visage. Ils ressemblent tous à des bandits, maintenant. Cela dit, ils ont oublié K2, qui se tient à l'écart du groupe, inexpressive.

J'arrache le dernier bout de tee-shirt à Ryker et m'approche d'elle. Elle ne réagit pas. Stupide sœur.

— Bien pensé.

Gryphon me le prend des mains et le plaque sur le nez et la bouche de K2.

— Lennox, ça avance avec les serrures ?

— Non, c'est une sorte de mécanisme qui change sans arrêt. Chaque fois que je suis sur le point d'y arriver, ça se transforme. J'essaie de distinguer un schéma répétitif, mais je n'ai encore rien trouvé.

— Dépêche-toi, l'encourage Ryker en toussant.

La fumée est assez basse maintenant pour atteindre leur tête.

Tous s'accroupissent, même K2 après que Gryphon lui a dit

de le faire. Elle ressemble à un pantin dont il faut tirer les ficelles pour chaque action.

Je rôde dans la pièce, attendant avec impatience que Lennox ouvre enfin ces portes. Ce brouillard bleu me donne la chair de poule. J'aurais dû boire plus de sang pour me calmer les nerfs. Oui, en voilà une bonne idée. Je choisis le corps le plus proche et lèche le liquide rouge qui goutte encore de son cou. Sa tête gît non loin, donc c'est un peu comme se servir au robinet. Dès qu'il coule dans ma gorge, le monde devient plus beau. Les couleurs plus lumineuses. Ce labo est magnifique. Et cette fumée… splendide.

— Oh, non, elle a repris du sang, grommelle Ivy, qui tousse ensuite plusieurs fois. Elle est toujours aussi stupide sous cette forme ?

Je grogne et dévoile mes canines en un sourire menaçant. Du sang coule de mon museau et atterrit au sol. Quel gâchis.

— Je ne me sens pas très bien, dit Quatre en s'asseyant par terre, le visage pâle.

— Lennox, dépêche-toi ! crie Gryphon. Ce truc nous empoisonne.

J'en ai ma claque. Je me précipite vers les portes et me jette contre, évitant Lennox de peu. Elles ne bougent pas. Je leur grogne dessus et réessaie, à plusieurs reprises. Si le métal gémit face à mes assauts, les portes tiennent bon.

— Ça ne sert à rien. Laisse-moi continuer avec les serrures, dit Lennox entre deux quintes de toux.

Je regarde autour de moi. Les autres sont tous au sol, pâles et bougeant avec lenteur. Le gaz les affecte violemment. Alors que je ne sens aucune différence pour ma part. Peut-être parce que je suis sous ma forme animale ? Je rejoins Ryker en vitesse et me frotte à sa jambe.

— Change-toi, ordonné-je.

Par chance, il me comprend.

— Je ne peux pas. J'ai essayé. Je ne sais pas ce qu'ils nous donnent, mais ça m'empêche de me transformer.

— Pareil pour nous, indique Ivy avec une toux rauque.

Ses paupières papillotent. Sa sœur est déjà inconsciente et les autres n'en sont pas loin non plus. Leurs toussotements s'affaiblissent.

Merde. La situation est mauvaise. Je dois faire quelque chose. Je suis la seule en état de marche. Ils comptent sur moi.

Tout à coup, j'ai les idées très claires. Je sais quoi faire.

CHAPITRE 10

Leurs battements de cœur diminuent, leur respiration est de plus en plus superficielle. Le gaz est en train de tuer ma famille, mes amis. Même les chats en sont affectés ; ils miaulent pitoyablement et se serrent les uns contre les autres, comme si être ensemble pouvait les sauver de la mort.

Lennox tombe lentement au sol et s'écroule. Je lui donne un coup de patte, sans obtenir de réaction. Merde. Je dois agir avant qu'il ne soit trop tard.

Le mur à la droite des portes a beau être meublé d'étagères, il ne me faut pas longtemps pour les démolir et révéler la cloison derrière. En détruisant le haut-parleur tout à l'heure, j'ai découvert la fragilité du mur. Avec un peu de chance, il l'est assez pour que je puisse me frayer un chemin au travers.

Je recule et rassemble toute la force que je possède. Je suis contente d'avoir bu tout ce sang, maintenant. Je me sens plus puissante que jamais.

Je cours, saute et me jette contre le mur, les griffes en avant, laissant de profondes marques dans le plâtre. Bien que ce soit douloureux, je recommence, avec acharnement. Chaque fois, de plus en plus de morceaux de ciment tombent au sol. J'ai dû me briser une côte ou deux, vu comme mon flanc palpite, mais je ne m'arrête pas ; je guérirai.

J'essaie de déchirer la cloison. Une vive souffrance traverse ma patte gauche. Merde, je me suis cassé une griffe, mais juste à côté de l'endroit où elle s'est coincée dans le plâtre, il y a un petit trou. Enfin. Me servant de ma patte droite comme d'un poing humain, je donne un coup dans le mur, qui s'effondre dans un nuage de débris. L'air frais me frappe le visage et je l'inspire avec avidité. Et tousse à cause de la poussière. C'était malin, ça, Kat.

Je pousse contre les bords de l'ouverture de toutes mes forces, l'agrandissant encore jusqu'à avoir la place de l'emprunter sans que ma fourrure se coince quelque part. Comme Lennox était le dernier à sombrer dans l'inconscience, il est le premier que je traîne hors du laboratoire en refermant gentiment mes mâchoires autour de sa jambe. Je ne peux pas m'empêcher d'enfoncer mes dents dans sa peau, mais mieux vaut pour lui quelques trous plutôt que la mort.

Je le tire jusqu'à la moitié du couloir, où l'air n'est pas vicié. Avec un peu de chance, il reprendra ses esprits assez tôt pour pouvoir m'aider avec les autres. Puis je retourne en courant dans le laboratoire, où la fumée bleue gêne ma vision. J'écoute les battements de cœur. Les chats sont les plus souffrants, leurs petits cœurs sont sur le point de s'arrêter. Je parviens à en saisir trois ensemble par la peau du cou, comme le ferait une mère avec ses chatons, et les transporte dehors. Cinq allers-retours me sont nécessaires pour tous les évacuer. Lorsque je dépose le dernier lot près de Lennox, il commence à bouger, même lentement. Bien, il est en train de se remettre. Il semblerait que les effets du gaz ne durent pas longtemps une fois qu'on s'en éloigne.

Quatre est la suivante que j'emmène dehors. Son cœur papillonne très faiblement, comme s'il allait s'arrêter d'un instant à l'autre. Quand je l'allonge gentiment à côté de Lennox, il s'assied, l'air confus, le visage beaucoup moins pâle.

— Comment as-tu fait…

Ses yeux se posent sur le trou dans le mur.

— Oh.

Je lui souris, mais je n'ai pas le temps de bavarder. Je multiplie les va-et-vient jusqu'à ce que K2, Gryphon et Ivy soient libres. Lennox leur retire leurs masques en tissu et les aide à se redresser lorsqu'ils s'éveillent lentement de leur sommeil dû à la drogue.

Ryker est le dernier. Ses pulsations cardiaques m'ont semblé les plus fortes, quand j'ai déterminé dans quel ordre tous les sortir. Cependant, alors que je referme mes mâchoires autour de son poignet, sa respiration s'arrête et, la seconde suivante, son cœur émet son ultime battement. La panique m'envahit. Il est mort. Il faut que je l'aide, mais il ne pourra pas ressusciter ici avec ce poison.

Je l'attrape par le bras et le traîne dehors le plus vite possible, le cognant contre les tables et les chaises. Je m'en fiche, à vrai dire. Dès que je l'ai sorti de la pièce, je me transforme. Je ne devrais pas en être capable, pas si peu de temps après l'autre métamorphose et une telle dépense d'énergie, mais je le fais d'instinct. Le processus est douloureux, toutefois pas autant que l'est mon cœur face au visage inanimé de Ryker.

J'incline sa tête en arrière et lui pince le nez avant de plaquer ma bouche à la sienne. Je lui donne mon souffle, ma vie ; je donnerais tout pour qu'il revienne.

Nouveau souffle, puis je pose les mains sur sa poitrine et commence le massage. On nous l'a enseigné au sein de la Meute, ainsi que quelques notions de premiers secours. Les assassins se blessent souvent. C'est cependant la première fois que je le fais dans la réalité. Comme la Meute nous a transformés en assassins solitaires travaillant rarement ensemble, je n'étais pas présente quand l'un de nous se faisait tuer. Si je le pouvais, je reviendrais dans le passé pour tuer plein de gens et m'entraîner au massage cardiaque sur eux.

Deux autres souffles. Ses lèvres refroidissent.

Un nouveau massage cardiaque.

Je remarque distraitement que tout le monde nous rejoint, mais je reste concentrée sur Ryker.

Un. Deux. Trois. Quatre. Cinq.

Je t'en supplie, Ryker, réveille-toi.

Ma bouche sur la sienne. Souffle. Souffle.

Sa poitrine se soulève – seulement parce que j'y insuffle de l'air.

Allez, Ryker, tu peux y arriver. Ne me quitte pas.

Un. Deux. Boum-boum. Son cœur bat. Puis s'arrête à nouveau. Toutefois, il bat de sa propre initiative, ce qui me donne de l'espoir. Trois. Quatre. Cinq.

Boum-boum. Boum-boum.

Il continue sur ce rythme, et ensuite, Ryker prend une inspiration tremblante. J'ai envie de l'embrasser pour le remercier. C'est un combattant, qui vient de lutter contre la mort et gagner. Peu de gens peuvent en dire autant.

Lennox pose les mains sur mes épaules et m'attire contre ses jambes. Je n'oppose pas de résistance, je suis épuisée. L'adrénaline s'estompe rapidement dans mes veines, ne laissant que lassitude et douleurs, la pire se situant dans mon flanc gauche. J'aurais aimé pouvoir rentrer à la maison pour guérir, mais je n'ai pas ce luxe. J'ai un scientifique à trouver et à tuer. Et une petite session torture à effectuer entre les deux. Oh que oui, il va souffrir.

✼ ✼ ✼ ✼ ✼ ✼

Gryphon reste avec K2, la plupart des chats et Ryker. Bien que celui-ci soit encore inconscient, son cœur bat à nouveau à un rythme régulier. Je déteste devoir le laisser seul dans cet état, mais je sais que Gryphon fera tout ce qui est en son pouvoir pour protéger mon chat préféré, même s'il est toujours blessé. Dès que Ryker se réveillera, ils devront quitter le bâtiment et rentrer à la maison. J'aurais aimé que nous puissions fouiller le laboratoire, toutefois la fumée bleue ne cesse de s'échapper du plafond. Nous avons déplacé Ryker le plus loin possible dans le couloir, et si le brouillard devait s'intensifier, Gryphon se ferait aider de K2 pour le transporter en sécurité.

Lennox, les jumelles et moi retournons à l'escalier et montons à l'étage au-dessus. Il ressemble trait pour trait à celui que nous venons de quitter. Des petits bureaux qui se suivent et de grandes doubles portes au bout. Espérons que tout le bâtiment n'est pas construit de la même manière. Cela nous prendrait une éternité de fouiller chaque pièce. Par chance, nous ne sommes pas humains et avons à notre disposition des sens excellents.

— Il y a quelqu'un au-dessus de nous, murmure Ivy.

Je tends l'oreille.

— Trois personnes, dis-je après un moment. Deux mutants.

À présent, je suis plutôt douée pour les distinguer des autres espèces. Leur cœur bat plus vite et leur respiration est un peu plus lente que celle des humains ou des métamorphes.

— Espérons que c'est le type qu'on cherche, commente Lennox en se frottant la nuque. Je me demande si je ne ferais pas mieux de me transformer. Lui arracher la gorge me paraît bien plus satisfaisant que lui enfoncer un couteau dans le corps.

Quatre sort une petite fiole de sa poche.

— Je suggère le poison. Ce serait de circonstance.

Je le lui prends des mains et renifle. Pommes séchées au soleil et un peu de fenouil.

— *Vengeance de la fille ?*

Elle hausse les épaules.

— L'un de mes préférés. Une mort lente et douloureuse.

— Je sais, je l'ai utilisé quelques fois. Ce n'est pas le plus élégant des poisons, mais c'est clair qu'il est efficace. Nous devons le faire parler d'abord. Il ne nous servira à rien avec l'écume aux lèvres ou la gorge en moins.

Lennox pouffe.

— Te voilà enfin raisonnable. C'est le poison qui t'a remis les idées en place ?

Je lui donne un coup de coude dans les côtes.

— Non, c'est de vous voir en danger.

— Je pense que tu nous dois des explications plus tard, intervient Quatre. Tu aurais dû nous parler de ton petit problème à l'avance.

— Mon petit problème ? me renfrogné-je. Je n'ai pas de problème.

— Se shooter au sang des morts, ça n'en est pas un pour toi ?

Elle me fusille du regard, les mains sur les hanches.

— Ton comportement nous a tous mis en danger.

Je lui montre les dents.

— J'ai tué combien de brutes de plus que toi ? Vingt, à peu près ? Alors calme-toi et arrête de te plaindre.

Elle fait la moue, mais ne répond pas.

Sans plus tenir compte d'elle, je monte l'escalier jusqu'à l'étage où se cachent trois personnes. Celui-ci n'est pas configuré de la même façon que les deux d'en dessous. Oui, il y a un nouveau couloir, mais des portes vitrées qui mènent à des salles de réunion, pas à des bureaux minuscules. Au bout se trouvent les doubles portes familières, qui sont ouvertes cette fois-ci. Pas encore un labo, j'espère. J'ai vraiment besoin d'un changement de décor. Et pas de poison non plus, merci.

Les battements de cœur me conduisent jusqu'à une pièce sur la droite. Les autres me suivent de près, l'arme au poing. Mes couteaux à la main, je m'approche du verre dépoli. Je n'arrive pas à voir à travers, mais j'entends les respirations à l'intérieur. Aucun doute, ce sont les personnes que nous cherchons.

— Prêt, souffle Lennox.

J'opine et, sans plus attendre, entre en trombe dans la pièce. J'assimile la scène en un instant. Deux soldats mutants protégeant un homme blond. Bien qu'il me paraisse familier, je n'ai pas le temps de réfléchir à l'endroit où j'ai pu le croiser avant. Est-ce lui qui nous a parlé par les haut-parleurs ? J'ai besoin d'entendre sa voix pour m'en assurer.

Comme les soldats ne nous attaquent pas, je me retiens aussi. Je veux savoir le but de toute cette histoire avant de les trucider.

— Vous ne devriez pas être en vie, commente l'homme.

Oui, c'est lui. Sa voix est bien plus mature que son apparence. Ses cheveux blonds lui tombent sur le front. Il est attirant, d'une façon très siren. Je suis sûre que les femmes adoreraient passer la nuit avec lui s'il leur en laissait l'opportunité. Les hommes aussi. Il porte un costume noir ajusté, au contraire de ses deux gardes qui sont en jeans et tee-shirt. Ça semble être l'uniforme en vigueur ici.

— Eh bien, pourtant, nous le sommes. Qui es-tu ?

Je ravale mon grognement. Je ne veux pas avoir l'air sauvage – pour l'instant. Pas tant que ce ne sera pas le moment de le torturer. Il me tarde de m'y mettre.

— Je préfère te laisser dans l'ignorance. Nous avons fait beaucoup d'efforts pour effacer tes souvenirs. Ce serait dommage de changer ça.

Je plonge, plus rapide que jamais, et enfonce mes couteaux dans les cous des deux gardes. Ils s'écroulent et, avant qu'ils ne puissent guérir, les jumelles se chargent de leur couper la tête. J'opine du menton, approbatrice. Nous formons une bonne équipe.

L'homme essuie les éclaboussures de sang sur son joli visage.

— Ce n'était pas nécessaire.

Je lui ris au nez.

— Oh que si. Maintenant, je te repose la question. Qui es-tu ?

— Quelqu'un qui s'intéresse à toi. Grandement. En fait, je vous suis toutes les trois depuis que j'ai commencé ma carrière en tant qu'étudiant du professeur Lakefield.

Je sais désormais où je l'ai vu. L'autre scientifique m'a montré des photos quand j'étais retenue prisonnière. Dont celle d'un homme blond, la version plus jeune du siren.

— Comment se fait-il qu'on ne se souvienne pas de toi ? lui demandé-je en agitant mes couteaux, histoire de l'encourager un peu.

— Parce que nous vous avons fait ce qu'il fallait pour ça. Nous avons fait en sorte que vous oubliiez tous les petits moments gênants avec nous. C'était surtout primordial que toi, K1, ne te sente pas comme un rat de laboratoire. En effaçant le souvenir de tous les tests et expériences que nous avons réalisés sur toi, tu avais le sentiment chaque fois qu'il s'agissait de la première. Cela nous a permis d'établir un point de comparaison et de voir tes réactions changer en fonction de ce que nous te faisions.

— Et qu'avez-vous fait exactement ? répliqué-je, à deux doigts de hurler.

Les réponses sont à portée de ma main, et pourtant, j'ai l'impression que je vais devoir creuser pour chacune d'elles. Pourquoi les choses ne peuvent-elles pas être faciles, pour une fois, dans ma vie ?

— Ce serait révélateur.

Il rit et me sourit avec mépris.

— Veux-tu jouer à un jeu ?

— Je me rappelle qu'il me disait ça, murmure Quatre.

Le siren se tourne vers elle.

— Tu t'en souviens, mon petit ange ? De quoi te souviens-tu de nos rencontres ?

Petit ange ? J'ai envie de le frapper en plein visage. Quatre serre les poings, visiblement envahie de la même impulsion.

— Rien d'autre, rétorque-t-elle sèchement. Mais je veux que tu me dises ce que tu m'as fait. Ce que tu nous as fait. Tu nous dois bien ça.

Il éclate de rire.

— Je vous le dois ? Non, je ne crois pas. Vous ne nous avez causé que des ennuis. Vous avez échappé à notre vigilance, tué mes hommes, et maintenant, vous saccagez mon dernier laboratoire. Ce n'est pas ainsi que vous allez me mettre dans votre poche, vous savez ? Si vous voulez que je parle, je vais avoir besoin de certaines garanties.

Il pense vraiment que nous allons le laisser en vie ? Eh bien, qu'il le croie, si ça lui fait plaisir. Cela n'arrivera pas, cependant. Je le tuerai dès que j'aurai mes réponses.

— Je te promets de te laisser partir une fois que tu nous auras tout raconté.

Je lui mens, bien sûr. Bien que je sois une bonne affabulatrice, il ne tombe pas dans le panneau.

— Bien essayé. Je veux l'une de vous en tant que garantie de ma survie. L'une de vous, avec un collier. Je ne la relâcherai qu'une fois que j'aurai quitté la ville, et vous pourrez venir la récupérer.

— Hors de question, aboyé-je. Tu ne nous remettras plus jamais de collier. Mais peut-être qu'on devrait t'en mettre un à toi ? Que se passerait-il ?

Si son expression ne varie pas, son cœur s'accélère. Intéressant. Il a peur.

Je souris.

— Lennox, tu pourrais nous trouver un collier ?

— À ton service.

Il rit tout bas et quitte la pièce. Je ne cesse d'oublier qu'il a de la rancune envers la Meute, lui aussi. Il n'a peut-être pas été cloné ni victime d'expériences, mais il a été leur prisonnier toute son enfance. Ils l'ont maltraité, l'ont transformé en assassin. Qui sait le genre d'homme qu'il serait devenu s'il avait grandi loin de cet environnement ?

— Tu ne peux pas me mettre de collier, proteste le siren. Ça ne marchera pas.

Je me rapproche pour le fixer au fond des yeux.

— Tu en es sûr ? Vraiment, vraiment certain ?

Il cille, et ça m'apprend tout ce que j'ai à savoir.

— Parle. C'est ta dernière chance. Commence par ton nom.

— Shaun, avoue-t-il en soupirant. Shaun Jayden.

Cela ne ressemble pas à un nom de scientifique psychopathe et meurtrier, mais j'imagine qu'on ne peut pas choisir son nom. C'est un privilège de parents. Ou des scientifiques diaboliques qui nous créent, dans mon cas.

— Quel est ton rôle ici, Shaun ?

— Je suis en charge du projet Indigo.

Je grogne.

— À partir de maintenant, je veux que tu répondes avec un maximum de détails. Je ne compte pas t'arracher chaque mot de la bouche.

Il me sourit.

— Tu es une telle réussite. Dans certains domaines. Dans d'autres, tu es un véritable échec.

Je l'ignore.

— C'est quoi, le projet Indigo ?

— L'avenir. Pas seulement pour les métamorphes, mais pour nous tous. Les sirens, les succubes, les autres créatures surnaturelles. Nous dirigerons le monde. Pour l'instant, nous œuvrons dans l'ombre, mais avec les pouvoirs que l'indigo peut nous conférer, tout ça va changer.

— Quels pouvoirs ? demandé-je, en redoutant la réponse.

— Les tiens. Un peu améliorés, bien sûr. K9 et K10 étaient presque parfaites. Toi, tu étais le prototype, alors nous n'espérions pas que tu remplirais tous les critères tout de suite.

— Quels critères ? le coupe Ivy.

— La force. L'agilité. La guérison. L'endurance. L'intelligence. L'obéissance.

Ce dernier mot me fait rire.

— Je vois dans quel domaine j'ai échoué.

Il me fusille du regard.

— Tu ne devrais pas en être si fière. Si tu avais été plus soumise, tu aurais sans doute été autorisée à vivre plus longtemps.

— Autorisée ? répété-je. Je n'ai besoin de la permission de personne pour vivre. C'est… de la folie. Tu es timbré.

Je prends une grande inspiration pour ne pas perdre mon calme.

— Quels sont les effets de la drogue ?

— Quelle drogue ?

Je sors l'une des fioles. Je remercie les forces en puissance pour mon étrange magie métamorphe qui me permet de garder mes vêtements en état, ainsi que tout ce qui se trouve dans mes poches.

— Celle-là. On sait que tu nous en as donné. Pourquoi ?

— Bois-en et découvre-le toi-même.

Il me lance un regard de défi.

— À moins que tu aies peur ?

— Pourquoi me soumettre à ça alors que je peux juste te forcer à parler ? rétorqué-je. Toi et les autres, vous nous injectiez cette drogue pour faire de nous vos armes parfaites. C'est à ça que ça sert, n'est-ce pas ? À faire de nous des soldats que vous pouviez utiliser pour rester au pouvoir ?

— Tu ne vois pas plus loin que le bout de ton nez, se moque-t-il. Nous ne comptons pas produire d'autres clones comme toi. Nous prévoyons de transformer tout le monde en toi. C'est la prochaine étape du projet. Les laboratoires des autres villes du pays travaillent déjà dessus. Ce n'est pas parce que tu as détruit les nôtres que ça met un terme à tout ça. Ma mort ne changera rien. Nous sommes partout et nous gagnerons.

J'ai vraiment envie de le frapper, mais ce serait montrer le mauvais exemple à mes sœurs. Je perçois leur tension alors qu'elles se retiennent de l'attaquer.

— Crois-moi, ce n'est pas une bonne idée de transformer tout le monde comme nous. On fait de mauvaises esclaves.

Il ricane.

— Il me semble que tu as rencontré K2 ? Si tout le monde était comme elle, nous aurions à la fois d'excellents travailleurs et de fantastiques soldats. Elle n'a pas besoin de collier, elle fait tout ce que nous voulons. Conditionnée pour répondre uniquement aux sirens. Voilà pourquoi elle est en ce moment même en train d'attaquer tes amis.

<h1 style="text-align:center">CHAPITRE 11</h1>

Je me précipite hors de la pièce, confiant Shaun Jayden aux jumelles afin qu'elles s'en occupent. Et par là j'entends « pour qu'elles le fassent souffrir et le torturent ». Cet homme est le diable incarné.

Je croise Lennox dans l'escalier, un collier à la main.

— Mets-le-lui et fais-le payer, crié-je en descendant en quatrième vitesse.

Gryphon et les autres ne sont plus dans le couloir où nous les avons laissés. Ce qui signifie qu'ils sont sur le chemin du retour. Oh, non. Je traverse en courant le hall désert et m'enfonce dans la nuit, rendue encore plus sombre par les nuages qui englobent les étoiles comme une couverture. Je piste l'odeur de mes amis. Ils n'ont pas choisi la voie des toits, cette fois-ci. Ils ont pris la route. Je suis étonnée que Ryker se sente déjà assez bien pour marcher, mais peut-être que Gryphon le porte. Ryker était mort, après tout. Complètement mort. Mon cœur se serre à cette pensée. Je ne supporte pas l'idée de le perdre. Il m'est bien trop précieux. Je le réalise enfin. J'aurais dû le comprendre plus tôt. Quand nous serons de retour à la maison, en sécurité et loin des ennuis, je le lui dirai.

111

Des cris au loin me poussent à accélérer l'allure. Bien que j'aie envie de me métamorphoser, je pense que je serai plus efficace sous forme humaine. En outre, je n'ai plus confiance en mon corps, je ne suis pas sûre qu'il se comportera comme avant. Je vais peut-être me retrouver coincée dans un état de semi-transformation. Donc je reste humaine, mais fais appel à ma nouvelle force afin d'avancer avec bien plus d'énergie.

Je franchis un carrefour et découvre un carnage. Ryker est allongé au sol, inconscient. À nouveau. Gryphon lutte contre K2, son épée fend l'air tandis que trois chats griffent les jambes de ma sœur. Tempête s'est placée sur le torse de Ryker, le poil dressé, le dos arqué. Elle est prête à défendre sa famille. Brave petite. Mais je suis là, maintenant.

— K2 ! crié-je le plus fort possible. Viens te battre contre moi.

Non pas que j'aie très envie de faire ça, mais Gryphon a l'air épuisé et d'avoir bien besoin d'une pause. Peut-être qu'il pourra reprendre le contrôle de ma sœur quand il n'aura plus à défendre sa vie.

K2 me lance un regard vide, et je me demande un instant si elle va mordre à l'hameçon. Puis elle grogne et court dans ma direction, les ongles transformés en griffes une nouvelle fois. Elle n'a pas besoin d'arme, avec de telles lames au bout des doigts. Si je ne veux pas la faire souffrir, elle n'a pas autant de réserves pour sa part. Je dégaine mes couteaux et me place en position défensive. *Dépêche-toi de la freiner, Gryphon.* Avec un grognement bestial, elle bondit dans les airs, les griffes tendues vers moi. Je roule sur le côté, échappant de justesse à son attaque. Elle feule en atterrissant et s'accroupit sans tarder, comme un chat sur le point de sauter.

— Arrête, nous pouvons t'aider. Tu n'as pas à te battre contre moi.

Elle ne réagit pas du tout à mes paroles. Je ne m'y attendais pas vraiment non plus, mais ça valait la peine d'essayer. Elle se jette à nouveau sur moi, et je dévie ses griffes avec mes couteaux, sans passer à l'offensive. Sans relâche, j'évite chacun de ses coups, en me laissant tomber au sol ou roulant sur le côté. Elle est de plus en plus frustrée. Toutefois, je refuse de l'attaquer. Je ne fais que jouer pour gagner du temps. Du coin de l'œil, je vois Gryphon s'approcher de nous. J'espère que c'est pour tenter de reprendre le contrôle sur elle. Je ne sais pas combien de temps je peux encore la retenir. À chaque assaut que je pare, elle s'énerve un peu plus. Des postillons s'échappent de sa bouche tandis que je lui tourne autour, en restant à bonne distance de ses griffes. Elle pourrait m'embrocher avec ça. Je me demande si ça la fait souffrir. Elles sont plus longues que les miennes sous forme de panthère, et ce n'est pas peu dire. Shaun Jayden avait raison : K2 est une arme formidable. C'est déjà assez difficile d'en affronter une, je préfère ne pas imaginer un monde doté d'une armée comme elle. Personne ne survivrait. Raison de plus d'arrêter la Meute et les sirens.

Gryphon se met à chanter et, immédiatement, je me sens plus légère. Comme si un poids m'avait été retiré. La mélodie me calme et m'enlace, me touche en plein cœur. J'ai envie de m'appuyer contre elle, de fermer les yeux et de la laisser pénétrer mon âme, mais K2 essaie toujours de me tuer, même si ses mouvements ralentissent et que son regard perd sa concentration. Le chant de Gryphon lui fait de l'effet, pas assez pour l'arrêter, toutefois. Merde. Je parie que c'est l'œuvre du scientifique. Il doit avoir une emprise sur elle, plus puissante que celle de Gryphon. J'ignore comment il parvient à faire ça à une telle distance, cependant les attaques de K2 se poursuivent. Si la chanson la ralentit un peu, moi aussi, et cette fois-ci, je ne réussis pas à parer son coup. Ses griffes me tailladent le bras et du sang jaillit des blessures. Je crie de douleur et recule en me tenant le bras. Les entailles sont profondes : je vois l'os. Je vais tuer Shaun pour ça. Il a obligé ma sœur à me faire du mal. C'est impardonnable.

La mélopée de Gryphon s'intensifie, atténuant l'inflammation. K2 pose les mains sur ses oreilles, sans doute pour essayer de stopper l'influence de la musique. Par chance, Gryphon est fort. Elle cesse de bouger, figée sur place, les griffes pointées dans ma direction. Il continue à chanter, et je parviens presque à comprendre les mots qui la maintiennent immobile, s'enroulant autour d'elle comme des cordes. J'aurais eu pitié d'elle si je n'avais pas autant souffert.

Il conclut la musique par une magnifique note grave qui m'atteint en plein cœur, puis se précipite à mes côtés.

— C'est profond ?

— Oui, mais je peux gérer. Il te reste des morceaux de tissu ?

Il me tend l'un des bouts du tee-shirt de Ryker et m'aide à l'entourer autour de ma blessure. Je tressaille chaque fois qu'il la touche. Le sang inonde immédiatement le tissu, mais nous ne pouvons rien faire de plus. Je dois retrouver les jumelles et demander à Ivy de me lécher le bras. Je grimace. Ce don est un peu dégoûtant. Non pas que je déteste lécher les gens, mais… quand même.

— Tu devrais t'asseoir, tu es toute pâle.

Gryphon pose les mains sur mes épaules et m'oblige à le faire. Il sait sans doute que je n'aurais pas obéi sinon.

— Il faut que j'y retourne, protesté-je. Nous avons trouvé le type qui gère le projet. J'ai besoin de réponses. Il commençait à nous en donner, puis il a dit qu'il avait pris le contrôle de K2. Que s'est-il passé ?

— J'ai arrêté mon emprise totale sur elle, avoue-t-il avec un soupir de regret. Je pensais qu'elle ne constituait plus une menace, depuis que nous avions quitté le bâtiment. Elle marchait à nos côtés, sans nous causer d'ennuis, alors j'ai baissé la garde.

Tout à coup, ses griffes ont poussé et elle est passée à l'attaque. Elle n'a pas prononcé un mot, elle s'est juste jetée sur moi. J'ai lâché Ryker pour pouvoir me défendre, mais tu es arrivée au bon moment. Elle commençait à prendre l'avantage. Se battre alors qu'on essaie de ne pas faire de mal, ce n'est pas marrant.

— À qui le dis-tu ! Quand tout sera terminé, il faut qu'on fasse un vrai assassinat tous les deux. Un bon vieux meurtre sans retenue.

— Marché conclu.

Il s'assied à côté de moi. De la sueur perle sur son front. Il a été blessé récemment, je n'aurais pas dû l'oublier. Nous avons tous besoin de repos et de temps pour nous remettre. Mais pas tout de suite. Si seulement mon bras ne me faisait pas souffrir autant. J'ai du mal à me concentrer. Je dois réfléchir à un plan pour la suite, cependant la douleur m'embrouille l'esprit. Je préférais le brouillard de tout à l'heure, induit par le sang-herbe à chat.

— Je peux y retourner, suggère Gryphon. Nous pouvons attacher K2 ou l'assommer. Je crois qu'il vaut mieux que tu n'y ailles pas, pour ta part. Tu es trop pâle. Je vais demander aux jumelles de te rejoindre et de t'aider.

Je secoue la tête.

— Non, j'ai besoin de faire ça. De parler au scientifique et d'obtenir mes réponses. Ce n'est qu'une égratignure, ça ne va pas me tuer.

— Ce n'est pas qu'une égratignure, proteste-t-il en se renfrognant. Personne ne t'a jamais dit que tu n'avais pas à porter le monde entier sur tes épaules ?

— Non. Parce que ce n'est pas ce que je fais. Je suis un chat, je suis égoïste. Je me fiche du monde entier. Tout ce qui m'intéresse, c'est d'être heureuse, au chaud et nourrie.

Je me rends compte tout à coup que j'ai froid. La fraîcheur démarre dans mon bras et imprègne peu à peu le reste de mon corps. Je défais délicatement le linge autour de ma blessure. Merde.

— Ça ressemble à du poison, s'exclame Gryphon.

En effet. Des lignes bleues encerclent les coups de griffe, telle une toile d'araignée. Les bords des entailles deviennent noirs et étrangement secs.

— À aucun que je connaisse en tout cas, ajoute-t-il.

— Tu peux la faire parler ? Lui demander lequel c'est ?

— Je vais essayer.

Il se lève et se rapproche de K2, toujours debout et figée.

Il entonne une simple mélodie, qui m'effleure comme un gant chaud. Rien d'aussi élaboré ou profond que son chant habituel, et pourtant, K2 bouge d'une manière plus naturelle et le regarde.

Le fredonnement se transforme en une mélopée dont je ne comprends pas les paroles.

— Je ne sais pas, dit-elle tout à coup d'une voix monotone, presque robotisée.

Gryphon poursuit sa mélodie, qui s'enrichit, se pare de détails. Elle me donne envie de lui dire quelque chose, lui révéler un secret, bien que j'ignore lequel. C'est difficile de résister à son chant, même si c'est K2 qu'il cherche à faire parler et non moi.

— C'est en moi. Je ne connais pas le nom. Je ne sais pas s'il y a un antidote.

Si je suis contente qu'elle réponde à Gryphon, la réponse ne me ravit pas du tout. Pas d'antidote. Merde. Bien sûr qu'il y en a un. Les chercheurs de la Meute refuseraient de se trouver en présence d'une métamorphe aux griffes empoisonnées à moins qu'il n'existe un moyen d'annuler les dégâts qu'elle pourrait leur causer.

— Demande-lui si elle a déjà blessé quelqu'un au labo, dis-je à mon siren.

Il hoche la tête et change légèrement son chant.

— Oui, plusieurs fois.

Continue, ma fille ! Je préférerais qu'elle parle d'une voix plus normale, moins machinale, cela dit.

— Et tu l'as ou *les* as revus ensuite ?

Il faut un moment à Gryphon pour traduire ma question en musique. J'aurais aimé qu'elle me réponde directement, or ça ne semble pas possible. Je vais devoir trouver un meilleur moyen de communication avec elle quand nous serons de retour à la maison. Ça ne peut pas continuer comme ça.

— Oui.

Je soupire de soulagement. Cela signifie qu'il y a un remède. Il ne nous reste plus qu'à le dénicher.

Un gémissement attire mon attention. Ryker bouge, essayant de se relever. Avant que je ne puisse envisager de l'imiter, les chats se précipitent vers lui et se frottent contre lui. Ainsi entouré par les félins, il n'a jamais eu l'air aussi sexy.

Je tente de me mettre debout pour aller le voir, mais je suis prise d'un vertige et retombe au sol, parvenant à peine à rester en position assise. Je voudrais m'allonger. Mon bras me donne l'impression d'être coincé dans un congélateur. La chair de poule recouvre ma peau. Je n'aime vraiment pas ce poison. Il n'est pas très élégant. La Meute m'en a injecté des tas – partant du principe qu'on ne connaît véritablement les effets d'un poison qu'en l'expérimentant soi-même –, mais cette fois-ci, personne ne m'attend avec l'antidote à la main. Ce n'est pas drôle d'être l'empoisonnée et non l'empoisonneuse.

— Kat, n'essaie pas de te lever ! lance vertement Gryphon en se précipitant à mes côtés.

— Trop tard, marmonné-je, lasse. J'ai essayé et échoué.

Il se passe les mains dans les cheveux.

— Je ne sais pas quoi faire. Tu ne peux pas y retourner. Si moi, j'y vais, K2 pourrait perdre le contrôle à nouveau. Si je la prends avec moi, le siren du labo pourrait trouver le moyen de contrecarrer mon emprise. Ryker n'est pas en état non plus.

Nous ne pouvons pas envoyer les chats, parce que personne ne les comprendrait…

— Faux. Mes sœurs peuvent.

Il fronce les sourcils, inquiet.

— Tu es sûre ?

Non, pas du tout. Je ne les ai pas vues interagir avec les chats, elles ne semblent pas avoir avec eux la même affinité que j'ai avec mes camarades félins. Cependant, elles me ressemblent, n'est-ce pas ? Elles devraient les comprendre.

Je fourrage dans mes poches jusqu'à trouver un minuscule crayon et un papier froissé. J'en ai toujours sur moi. On ne sait jamais quand on peut avoir besoin de noter un truc.

J'essaie de griffonner un message, mais mes mains tremblent trop. Le froid s'est à présent installé dans tout mon corps, et je frissonne de la tête aux pieds. Même mes dents se mettent à claquer.

— Laisse-moi faire, dit gentiment Gryphon en me prenant le crayon.

Il note quelques mots sur le bout de papier, puis le plie.

— Quel chat va jouer les messagers ?

— Tempête ! l'appelé-je. Viens ici !

La minette noire me dévisage un moment, indiquant qu'elle aurait nettement préféré rester avec Ryker, mais il lui donne une petite poussée d'encouragement, et elle trottine vers moi.

— J'ai besoin que tu retournes au labo et que tu transmettes ça à Lennox. Le plus vite possible, s'il te plaît.

Elle frotte sa tête contre ma main pour me signifier qu'elle a compris. Gryphon lui tend le bout de papier, qu'elle prend délicatement dans sa gueule. J'espère qu'il ne sera pas couvert de salive le temps qu'elle rejoigne Lennox.

Elle part en courant, disparaissant dans la nuit. Elle se retrouve engloutie par l'obscurité, et je prie pour qu'il ne s'agisse pas d'une métaphore pour autre chose.

J'ai l'impression pour ma part d'être engloutie par le froid.

Rester assise est difficile, et en même temps, je ne veux pas avoir l'air faible devant les garçons. Gryphon, qui semble avoir deviné mon dilemme, s'installe à mes côtés, pose le bras sur mes épaules et m'attire contre lui. Je me laisse aller, me servant de son corps comme d'un pilier.

Ryker a réussi à se redresser ; il est pâle, mais vivant. J'aurais aimé pouvoir le rejoindre, ou que lui vienne ici, afin d'être calée entre les deux hommes. Malheureusement, je suis bien trop faible pour ça et lui aussi. Bien que nous ne soyons séparés que de quelques mètres, ils paraissent être des kilomètres.

— J'ai si froid, soufflé-je, juste avant qu'un voile obscur n'arrive de nulle part et ne me recouvre entièrement.

Je flotte sur une rivière de glace, dérivant vers l'inconnu.

CHAPITRE 12

Dans un monde idéal, je me réveillerais dans un lit chaud, entourée par ma famille.

Hélas, nous ne sommes pas dans un monde idéal.

Le sol est dur et froid sous moi, et des cailloux s'enfoncent dans mon dos. Je préférerais presque être à nouveau inconsciente. D'ailleurs, attendez. Comment se fait-il que je sois de retour dans le monde des vivants ?

J'ouvre les yeux… et plonge dans les miens. Je cligne des paupières. Ce n'est pas un miroir ni l'une des jumelles.

K2.

J'essaie de me redresser, dans le but de m'éloigner d'elle le plus possible, mais mon corps refuse de bouger.

Elle me fixe, les yeux rivés aux miens, sans chercher à m'attaquer toutefois. Je me détends à nouveau, même si je reste sur mes gardes. K2 est trop imprévisible.

— Il faut qu'on parle, dit-elle d'une voix plus du tout robotique.

Elle ressemble presque à la mienne, en un peu plus grave et avec un léger zézaiement.

— Où sont les autres ?

— Je suis là, indique Gryphon en se plaçant dans mon champ de vision. Lennox a ramené Ryker à la maison, avec l'aide des jumelles. Et de tous les chats. Qui étaient plus une gêne qu'une aide, d'ailleurs, mais ils ne pouvaient pas s'en empêcher. Ils sont très protecteurs envers lui.

Très bien. Je suis seule avec Gryphon et K2. Elle s'exprime normalement. Ma tête bourdonne de questions. Je commence avec la plus évidente.

— Qu'est-ce qui se passe, bordel ?

— Il faut qu'on parle, répète K2. Tout de suite.

— Elle a raison. Je ne sais pas combien de temps je peux la maintenir comme ça.

— Humaine, tu veux dire ? demandé-je, juste pour être sûre.

Elle feule en réaction, et je ne peux retenir mon tressaillement. Je suis dans la plus vulnérable des positions possible, avec un félin métamorphe agressif au-dessus de moi. Je n'ai pas l'habitude de ça.

— On n'a que quelques minutes, me lance-t-elle sèchement.

Elle n'est donc pas un rayon de soleil quand elle n'est pas une tueuse de sang-froid. Ça ne me surprend pas.

— La mort du Dr Jayden a relâché le filet siren, mais je le sens déjà se rapprocher. Gryphon le maintient ouvert, mais il n'a pas assez d'expérience.

— Mort ? Il est décédé ?

— Les jumelles, m'explique-t-il. Ne t'en fais pas, elles ont découvert plusieurs choses.

— Silence, siffle K2. Je n'ai pas eu l'esprit aussi clair depuis des années. Il faut que tu saches quelque chose. Ils peuvent te faire ça aussi. Nous sommes toutes pareilles. Ne les laisse pas se rapprocher. Si tu les laisses te donner cette drogue à nouveau, ils vont pénétrer dans ton esprit.

— Celle-là ?

Je sors l'une des fioles de ma poche, épatée qu'elle ne soit pas cassée.

K2 renifle et la colère s'affiche sur son visage.

— Oui. Détruis-la. Si tu en prends souvent, elle les aide à faire de toi leur propriété. Elle affaiblit nos défenses, nous rend vulnérables. Et déforme notre lien avec notre félin.

Son énervement se mue en tristesse. En regret.

— C'est pour ça que tes griffes sont comme ça ?

Elle acquiesce.

— C'est la seule chose qu'il me reste de lui. Ils ont incrusté de force les autres caractéristiques dans mon corps humain. La puissance, l'endurance.

Je la fixe, sous le choc.

— Tu ne peux plus te métamorphoser ?

— Je ne vais pas tenir très longtemps, nous prévient Gryphon d'une voix tendue.

— Tu dois me tuer, me dit K2 aussi simplement que si elle parlait de la météo ou commentait la noirceur de la nuit. Je ne le supporte plus.

— Tu es libre, maintenant. Nous pouvons trouver le moyen d'arranger ça.

Elle rit durement.

— Il n'y en a aucun. Je n'attends que la mort. Je l'espère depuis des années, chaque fois que j'ai un moment de lucidité. Même s'ils se font rares, j'en ai encore, de temps en temps. Ils m'ont interdit de me suicider, sinon je l'aurais fait depuis longtemps, surtout après ce que j'ai infligé aux jumelles.

Un véritable regret brille dans ses yeux. Son chagrin m'emplit d'un grand froid qui n'a rien à voir avec le poison, cette fois-ci.

— Non. Je ne peux pas faire ça. Mais je te promets de t'aider. J'ai des amies très douées en chimie. Elles vont trouver un antidote au produit qu'ils t'ont donné.

K2 secoue la tête.

— Ma situation est sans espoir, crois-moi. Ils m'ont raconté qu'ils ont essayé d'inverser les effets de la drogue dans d'autres clones. Ils sont tous morts. C'est permanent.

Tout à coup, elle tressaille et ses yeux deviennent vitreux. Elle cligne des paupières, puis une deuxième fois, et son expression revient à la normale, animée au lieu d'être figée, mais il est clair que K2 disparaît peu à peu.

— S'il te plaît, me supplie-t-elle, ne cherchant plus à se montrer forte. Tu dois le faire. Ça ne peut être que toi.

— Non, répété-je. J'en suis incapable.

— Alors, je vais tenter de te tuer. Ton siren ne pourra pas maintenir son contrôle sur moi. Dès qu'il se relâchera, je t'attaquerai, toi et les autres clones. C'est ce pour quoi je suis programmée. Je ne peux pas lutter contre ça. C'est vous ou moi, beauté.

— Mes sœurs.

— Quoi ?

— Je les considère comme mes sœurs, pas comme des clones. Et tu es l'une d'elles, toi aussi. Je ne vais pas tuer l'une de mes sœurs.

Elle me dévisage comme si mes paroles n'avaient aucun sens.

— Tes sœurs ?

— Oui. La famille. Même si nous nous ressemblons, nous avons également nos différences. Nous avons certes été conçues, nous ne sommes pas nées naturellement, mais ça ne veut pas dire pour autant que nous ne pouvons pas agir comme tout le monde. J'ai fondé ma propre famille, avec mes compagnons, mes sœurs, mes amis. Tu peux en faire partie.

— C'est bientôt fini, grogne Gryphon, visiblement en lutte.

Je ne comprends pas tout ce truc de siren, toutefois il est clair qu'il ne va pas tenir très longtemps.

— Nous t'aiderons, répété-je. Tu as un nom ?

Elle m'adresse un nouveau regard perplexe.

— K2, marmonne-t-elle finalement. Mais tu le sais déjà.

— Un vrai nom, je veux dire. Un qui ne contient pas de chiffre. Je sais que K1 et Kat, ça se ressemble, mais c'est une coïncidence. Mon nom complet est Katriona. Et si tu t'en trouvais un aussi ? Un qui n'appartiendrait qu'à toi ? Pour un nouveau départ dans la vie.

Un petit sourire incurve ses lèvres.

— Ce serait sympa.

Gryphon pousse un cri, qui attire mon attention, mais il va bien. Il est juste complètement éreinté. Lorsque je regarde à nouveau K2, elle est partie encore une fois, de nouveau un robot.

Une haine pure m'envahit. C'est la Meute qui lui a fait ça. Moi qui trouvais qu'ils avaient été horribles avec Mini-Kat, les jumelles et moi, ce qui se passe ici surpasse tout le reste. Le pire étant qu'elle ait des moments de lucidité. Elle est consciente de son malheur et ne peut rien y changer.

Je tends la main et lui caresse la joue. Elle ne réagit pas du tout, bien sûr, et pourtant, j'aime à croire qu'elle a pu percevoir mon geste, d'une certaine façon.

Gryphon fredonne quelques notes, et elle recule, lui permettant de s'agenouiller à côté de moi.

— Comment tu te sens ?

Je lui souris.

— Vivante.

— Bien. Alors, rentrons à la maison et veillons à ce que ça continue.

Sur le trajet du retour, Gryphon m'informe des derniers événements.

Le collier que Lennox a passé autour du cou de Shaun Jayden a fonctionné. Pas tout à fait comme ils l'avaient pensé, cela dit. Cela a transformé le scientifique en homme très amical et serviable, désireux de leur indiquer où se trouvait l'antidote à mon poison. Il a également répondu à toutes les questions que Lennox et les jumelles lui ont posées. Gryphon ne sait pas grand-chose à ce sujet, donc je vais devoir attendre d'être à la roulotte pour le découvrir. Le Dr Jayden leur a même confié les fichiers contenant toutes les informations sur le projet Indigo.

Malheureusement, le collier a aussi eu pour effet secondaire de faire exploser la tête du bon docteur quelques minutes après. J'éclate de rire quand Gryphon mentionne cet inconvénient. Quel dommage. Bien que déçue de n'avoir pas pu le torturer et le tuer moi-même, c'est une fin plaisante. Mort par explosion de tête. Brillant. La vie a le sens de l'humour, en fin de compte.

— Il y avait des morceaux de cerveau sur le tee-shirt de Quatre, se remémore Gryphon, hilare. Je ne sais pas pourquoi les jumelles ont enfilé des vêtements blancs, c'est tellement peu pratique.

— C'est ce que je n'ai pas arrêté de me dire toute la soirée. Elles doivent aimer faire la lessive. On devrait peut-être leur confier nos habits aussi.

Je jette un coup d'œil à ma combinaison couverte de sang et déchirée par endroits. Une des manches compte parmi les victimes des griffes de K2.

— Je doute de pouvoir sauver cette tenue, cela dit.

Ma blessure s'est refermée et a meilleure allure. Il faudra quand même que je la nettoie et la bande proprement à notre retour à la maison, mais les effets du poison ont disparu. Mon corps est à nouveau chaud, et bien que je ne me sente pas vraiment forte, je ne suis plus faible, au moins. Je pense que c'est surtout l'épuisement qui me rattrape. J'ai besoin de sommeil. Comme nous tous.

K2 nous suit, en silence et le visage dénué d'expression. Même si j'ai l'impression que nous devrions l'inclure dans notre conversation, c'est inutile. Elle n'est plus elle-même en cet instant.

— Explique-moi ce filet siren dont elle a parlé, demandé-je à Gryphon alors que nous cheminons en ville. La façon dont les sirens la contrôlent.

— Je ne le comprends pas moi-même. Quand je maîtrise quelqu'un avec mes pouvoirs, c'est un peu comme une laisse que j'agite autour de son esprit. Je lui dis quoi faire, et s'il résiste, je resserre la laisse, augmentant la pression.

— Ce n'est pas ce que j'éprouve, pourtant, le coupé-je.

Il rit.

— C'est à la fois parce que je n'ai jamais essayé de te faire quelque chose de mal, et parce que tu n'es pas humaine. D'après ce qu'on m'a raconté, pour les humains, ça ressemble à un costume qui les moulerait douloureusement et les ferait agir contre leur gré.

Ce n'est vraiment pas ce que j'éprouve quand il chante. Sa musique est plutôt comme un chaud câlin, tendre et attentionné. Une caresse presque intime.

— Bref, même si je contrôle plusieurs personnes en même temps, c'est toujours comme si je tenais leurs laisses. Je n'ai jamais eu l'impression d'avoir un filet et n'ai jamais entendu d'autres sirens en parler. Cela dit, ça fait un moment que je ne suis plus membre de leur cercle. Mon père ne cesse de me mettre la pression pour que je me rende à des rassemblements et m'implique davantage, mais j'utilise toutes les excuses possibles pour éviter ça. Je ne sais pas comment j'ai réussi à grandir avec une conscience alors que j'étais entouré de sirens avides de pouvoir, et pourtant, j'y suis parvenu.

Je lui prends la main.

— J'en suis ravie. Encore que ta conscience n'est pas si bonne non plus. Tu ne tirerais pas autant de plaisir de ton travail, sinon.

Il éclate de rire.

— C'est vrai. Dans ce cas, disons que j'ai un bon compas moral. Oui, je tue, mais seulement les méchants. Je laisse partir les gentils, ou alors je ne leur fais qu'un petit peu mal. Juste pour la forme, tu vois ?

— Oui, pareil pour moi. C'est étrange que nous nous soyons trouvés, deux assassins avec une conscience.

Il s'immobilise et me serre la main.

— Est-ce que c'est le moment où je t'embrasse ?

Je jette un coup d'œil à K2.

— L'exhibitionnisme, ce n'est pas trop mon truc, surtout face à quelqu'un contrôlé par les sirens.

Il sourit.

— Bien vu. On reprendra cette conversation à la maison, alors.

Des picotements naissent dans mon ventre. C'est donc ce qu'on appelle des papillons ? Non, expérimenter quelque chose d'aussi pathétique ne me ressemble pas. Je dois me ressaisir. Je suis bien trop sentimentale en ce moment. Ça doit être un contrecoup du poison.

Nous ne sommes plus très loin de la roulotte. Enfin. J'espère que les autres se sont déjà douchés et que je vais pouvoir revendiquer la salle de bains pour moi toute seule. Je suis couverte de sang, le mien et celui d'autres personnes, et je ne ressens heureusement plus l'envie de m'en abreuver. J'ignore cela dit ce que je ferais si un mutant sanguinolent tombait du ciel juste devant moi, alors ne prenons aucun risque. Ma prochaine dose sera à base d'herbe à chat, pas de sang.

CHAPITRE 13

ette fois-ci, je me réveille vraiment dans un lit. Je me souviens à peine du moment où j'ai sombré. Je crois que je me suis assise sur le matelas après la douche et que j'ai envisagé d'aller prendre à manger à la cuisine. Visiblement, je me suis assoupie.

M'étirant, je cogne un corps chaud. Ils m'entourent tous les trois. Gryphon, Lennox et Ryker, tous sur le lit à mes côtés, dormant dans diverses positions. Ryker est à mes pieds, roulé en boule comme un chat, et ronflant tout bas. Adorable.

Gryphon est sur ma droite, sur le ventre, dévoilant son dos et les cicatrices parallèles qui le traversent, me rappelant celles de son visage. Comme si un animal l'avait griffé. Je me tourne sur le côté et passe un doigt léger sur les marques. Sa respiration change ; il est réveillé.

J'ai connu de nombreux hommes, et pourtant, leur corps demeure un mystère pour moi. Le mien est dur à force d'entraînement ; malgré tout, il reste des zones plus tendres. Mes seins, surtout, mais aussi un peu au niveau de mes hanches et du ventre. Pas ces hommes, cela dit. Ils ne sont que surfaces dures après surfaces dures. Si Gryphon se tournait vers moi, je verrais que même son torse est ciselé. Aucun renflement de poitrine en vue. Comment peuvent-ils être si puissants physiquement et avoir en même temps cette douceur qui jaillit d'eux chaque fois qu'ils interagissent avec moi ?

— Continue, murmure-t-il, et je réalise que j'ai arrêté mon geste, étant arrivée au bout de la plus longue cicatrice.

— Non, c'est mon tour, intervient Lennox d'une voix rauque.

Son souffle chaud atterrit sur mon dos juste avant que ses lèvres ne fassent de même. Un agréable frisson parcourt ma peau. Ça va devenir excitant. La dernière fois que nous nous sommes retrouvés tous ensemble dans un lit comme ça, j'ai pris peur et la fuite. Maintenant, j'ai envie de les caresser tous les trois. Quelque chose a changé, comme si un interrupteur avait été enclenché dans ma tête. Peut-être depuis que j'ai admis mon inquiétude pour eux. Peut-être depuis que j'ai failli mourir. Dans un cas comme dans l'autre, je les désire. Énormément.

— Mets-toi sur le dos, souffle Lennox.

Je m'exécute, même si je regrette de ne plus pouvoir jouer avec les cicatrices de Gryphon.

Ils sont désormais sur le flanc tous les deux, tournés vers moi.

— Tu tiens à ce tee-shirt ? me demande le loup avec un sourire malicieux.

Je suis obligée de regarder pour savoir ce que je porte, puisque j'ai attrapé des vêtements au hasard hier soir. Il s'agit d'un simple tee-shirt gris avec une sorte de slogan dessus. Il n'est même pas à moi. Sans doute à Bethany.

— Pas tellement.

Ma voix est rauque de désir. Ma chatte intérieure a très envie de chevaucher ces gars et de les prendre un par un. Calme-toi, minette. Patience.

Lennox me sourit, et ses yeux bleus luisent à l'instant où sa main se transforme en patte de loup. Il déchire mon haut en plein milieu, révélant mes seins, avant de redevenir totalement humain.

— J'adore quand tu fais preuve de sauvagerie, commenté-je, amusée. Continue.

— Ce chien ne saurait pas reconnaître de la sauvagerie même si elle lui sautait au visage, se marre Ryker, avant de bâiller. Je vois que vous avez commencé la fête sans moi. Kat, tu tiens à cette culotte ?

— Copieur, marmonne Lennox.

Ryker est déjà en train de tirer sur mon sous-vêtement. Heureusement qu'il ne l'arrache pas, parce que je n'en ai pas tant que ça dans mon tiroir.

Sans tenir compte des deux métamorphes, Gryphon se colle contre mon flanc. Il prend ma joue et tourne ma tête vers lui. Ses lèvres délivrent aux miennes un baiser passionné.

L'embrasser, c'est comme flotter sur une mer d'herbe à chat. Exaltant. Magnifique. Irrésistible.

Ryker m'encourage à écarter les jambes. J'obéis sans me faire prier. Je meurs d'envie de le sentir entre mes cuisses. Eux tous. Je suis affamée, aujourd'hui ; il est hors de question que je quitte cette pièce sans les avoir tous eus.

De douces lèvres déposent des baisers sur mon ventre, remontant peu à peu. Lennox. Il interrompt sa progression quand il a atteint le dessous de mes seins et passe sa langue en bas. Comment un simple frôlement peut-il me faire tant d'effet ? Ça ne devrait pas être possible. C'est magique, forcément.

Des éclairs jaillissent de l'endroit où Ryker caresse mon intimité de haut en bas. Il a beau être sous forme humaine, sa langue est râpeuse comme celle d'un chat, me faisant gémir chaque fois qu'il effleure mon clitoris. J'écarte davantage les jambes, espérant qu'il saisira l'allusion. Il m'en faut plus. Je suis désespérée. Des geignements incontrôlables m'échappent. Plus Ryker me lèche, plus je me trémousse sur le lit, en tremblant et en gémissant. C'est à la fois trop et pas encore assez.

Gryphon m'embrasse toujours, et je me sens presque coupable de ne pas pouvoir lui retourner son baiser avec la même passion. Trop de sensations, pas assez de matière grise disponible pour toutes les traiter.

Lennox suce l'un de mes tétons tout en jouant avec l'autre. Il dépose de doux baisers aguicheurs sur mes seins, puis reprend un mamelon en bouche.

Je ne peux plus le supporter.

— Prenez-moi, grogné-je contre les lèvres de Gryphon.

— Dis « s'il vous plaît », murmure Lennox en me mordillant le sein.

Je ne veux pas qu'il se montre gentil. J'ai envie qu'ils deviennent tous sauvages et me prennent comme si c'était notre dernier jour sur cette planète.

— Si vous ne le faites pas, je vous tue, sifflé-je. Maintenant.

Lennox pouffe.

— Ça devrait le faire aussi.

La langue de Ryker disparaît tout à coup. Je suis sur le point de me plaindre, quand je sens son sexe s'enfoncer en moi, vite et fort, et je ne peux plus me retenir.

Je m'éveille tranquillement et en douceur. Même si je suis seule, l'odeur des garçons est toujours fraîche. Je me souviens vaguement m'être réveillée quand ils se sont levés, mais comme j'avais besoin de dormir encore, je ne les ai pas suivis. Je remonte la couverture et prends une grande inspiration. Toutes leurs fragrances combinées. J'adore ça. J'aurais adoré me blottir dans cette couverture et m'en servir comme d'une robe. Non pas que j'en porte. Elles ne sont pas pratiques pour un assassin. J'ai essayé un jour de mettre une jupe et un legging, mais j'ai regretté ma décision quand elle s'est coincée dans une tuile et que j'ai failli tomber. Plus jamais.

Je m'étire et descends de notre lit de fortune. Alors que je m'apprête à ouvrir la porte, je me rends compte que je suis nue. Mieux vaut éviter de causer un choc à mes sœurs. Elles ont quatorze ans, donc elles ne doivent pas être actives sexuellement. Je l'espère, en tout cas. Elles sont bien trop perturbées pour entamer la moindre relation, de toute façon.

Je souris en réalisant combien je suis protectrice envers elles. J'ai envie de les enfermer dans une pièce afin qu'elles n'affrontent jamais le monde réel. Est-ce que tous les parents ressentent la même chose ? Si oui, c'est un miracle de voir des enfants jouer dans la rue. Les miens porteraient sans doute des laisses et vivraient dans des chambres dépourvues de fenêtre, histoire qu'ils ne courent aucun danger. J'ai constaté pour ma part combien le monde est diabolique.

Comme l'un des garçons a abandonné son tee-shirt par terre, je m'en empare, trop flemmarde pour fouiller dans la commode. Il ne me reste que deux culottes dans le tiroir. Il est temps de découvrir si mes sœurs aiment véritablement faire la lessive. Si oui, elles deviendront mes sœurs préférées. Ce qui me rappelle Mini-Kat. Je devrais aller lui rendre visite, prendre de ses nouvelles. Peut-être qu'elle voudrait rencontrer ses sœurs, elle aussi. Pas K2, ce ne serait pas sûr pour elle, mais les jumelles. Bien que perturbées, elles ne représentent pas un danger.

Je me passe les mains dans les cheveux, pour essayer de dompter ma crinière. Toutefois, les garçons m'ont vue dans des états bien pires, tels que recouverte de sang et de morceaux de cadavres. Ils pourront supporter quelques épis.

— Bonjour, me lance joyeusement Lily dès que j'entre dans la pièce à vivre. Des œufs ?

J'opine.

— Je meurs de faim. Je peux les manger en toute sécurité ?

Elle me jette une cuillère, que je rattrape juste avant qu'elle n'atteigne mon visage.

— Totalement. Je sais cuisiner, tu sais.

— Cuisiner et créer quelque chose de comestible, ce n'est pas la même chose. Mais oui, je veux bien des œufs. Et du thé. Et des cookies à l'herbe à chat, si tu en as.

— Non. Je n'en referai plus.

Je hausse les épaules.

— Ça valait le coup d'essayer.

— Des cookies à l'herbe à chat ? intervient Quatre, intéressée. Ça a l'air bon.

— Non, riposte Lily de sa voix la plus stricte. Je ne serai pas votre dealeuse.

— Je peux te fournir l'herbe à chat, lui proposé-je. Tu auras juste à faire les gâteaux. J'ai essayé, et… eh bien, tu te souviens de ce qu'il s'est passé.

— Elle a mis le feu à la cuisine, explique Lily aux jumelles. Ce n'était pas beau à voir. C'est pour ça qu'elle n'est autorisée qu'à faire des sandwiches. Je m'inquiète chaque fois qu'elle fait chauffer la bouilloire.

— Hé, mon thé est excellent !

Elle ricane.

— À ceci près qu'il est constitué de quatre-vingt-dix pour cent de lait et d'un peu de thé.

— J'aime le lait.

Ivy se tourne vers Bethany, qui lit un magazine sur le coin du banc.

— Elles sont toujours comme ça ?

Elle opine distraitement.

— Tout le temps. Leurs chamailleries deviennent lassantes, quand on vit avec elles.

— Ça m'étonnerait, réplique Quatre, amusée. On dirait un spectacle comique.

— Tu n'en as jamais vu, dit sa sœur en agitant les sourcils.

— Non, mais je suis sûre que ça ressemble à ça.

Je me glisse sur le banc à côté de Ryker. Il me sourit et pose la main sur ma cuisse, comme si c'était la chose la plus naturelle du monde. Il a l'air à nouveau lui-même. Ses yeux jaunes pétillent de vie et il n'est plus pâle. Difficile de croire qu'il était mort la nuit dernière.

— Bien dormi ? demande-t-il en toute innocence.

— Très.

Gryphon rit.

— C'est ce qu'on a entendu. Tes ronflements sont adorables.

— Tu ne vas pas recommencer. Je ne ronfle pas. Et je ne suis pas adorable. Je me sens offensée.

Les garçons échangent un regard.

— Si adorable, confirme Ryker.

Je soupire. Ils vont me rendre folle. Un, c'est déjà suffisamment difficile à gérer, mais je suis coincée avec trois. Ma santé mentale ne tient qu'à un fil, qu'ils vont s'amuser à couper.

Lily pose une assiette remplie d'œufs brouillés devant moi. Je ne sais pas si elle les voulait brouillés à l'origine, mais au moins, ils ont l'air comestibles. Elle ajoute deux tranches de pain sur le dessus.

J'enfourne ma nourriture par pelletées, et réalise combien j'ai faim. Je comptais manger quelque chose hier soir en rentrant, et je me suis endormie avant de le faire.

— Où est Lennox ? demandé-je entre deux bouchées.

— Parti rejoindre son employeur, m'explique Gryphon, qui me regarde avec un sourire amusé. Il semblerait que ce soit lié aux loups que tu as croisés.

Oh. La dernière fois que nous avons discuté du boulot de Lennox, il m'a dit qu'il avait pris des jours de congé. Va-t-il devoir retourner travailler ? J'espère que non. J'aime l'avoir près de moi. Peut-être que lorsque j'aurai remis *M.I.A.O.U.* sur les rails, je pourrai le persuader de venir bosser avec moi. J'ai assez d'argent pour le payer autant que son employeur actuel. Notre dernière affaire nous a valu un bonus conséquent. Puis je me souviens que je dois d'abord acheter une nouvelle maison. D'accord, peut-être pas un gros salaire, en fin de compte. Mais l'hébergement et la nourriture gratuits devraient être des arguments convaincants. Surtout en y ajoutant des cookies à l'herbe à chat.

Je repousse mon assiette.

— Il y a du dessert ?

— Gourmande, se marre Lily, qui se lève tout de même pour aller chercher un petit pudding au chocolat dans le frigo. À haute teneur en lait. Comme tu les aimes.

Je soupire de contentement dès la première cuillère. Chocolat noir et lait, le meilleur mélange au monde.

Maintenant que j'ai apaisé ma faim, mon esprit se remet au travail. Il s'est passé tant de choses la veille, dont nous devons discuter.

— Où est K2 ? demandé-je, une fois mon pudding terminé.

— Sédatée, marmonne Bethany sans quitter des yeux son magazine. Nous avons pensé que c'était la meilleure solution pendant que Gryphon dormait. Elle est avec Benjamin, et oui, il est toujours malade.

— Peut-être qu'il va lui filer ses microbes, s'exclame joyeusement Quatre. Ça l'affaiblirait et la rendrait plus facile à gérer.

J'échange un regard avec Gryphon.

— Tu leur as dit qu'elle m'a parlé hier soir ?

— Brièvement, mais on était tous épuisés. Nous devrions discuter de tout ce qu'il s'est passé hier. Mieux vaudrait attendre le retour de Lennox, cela dit. Et d'abord, montre-moi ton bras.

Mon bras ? Ah, oui, j'ai failli oublier, puisqu'il ne me fait plus mal.

Gryphon défait en douceur le bandage que j'ai mis hier soir après ma douche. Je tressaille quand il retire la dernière partie, dévoilant la blessure. Elle n'est pas belle à voir, bien qu'elle se soit refermée. Elle n'a pas cicatrisé autant pendant la nuit qu'elle l'aurait dû. Je pense que ça va me laisser une marque. Le poison utilisé a annihilé mes capacités de guérison de métamorphe. Heureusement qu'Ivy a réussi à stopper le saignement, au moins.

Je lui adresse un petit sourire.

— Merci de m'avoir léchée.

— Pas de souci.

Elle fait la grimace.

— Mais c'était dégueu. Ne te fais pas droguer à nouveau, je te prie. J'ai encore ce goût sur ma langue.

— Ce n'est pas prévu au programme. Bethany, ils t'ont parlé du poison ? T'ont montré l'antidote ?

Elle pose enfin son magazine.

— Oui, mais je n'avais jamais vu ça avant. Ça ressemble à une substance de synthèse.

Elle fait la moue, comme si le fait de créer des décoctions en n'utilisant pas d'ingrédients naturels ou de minéraux était une offense personnelle.

— Je vais tenter de reproduire l'antidote, juste au cas où. Et quand K2 sera réveillée, nous pourrions essayer d'en prélever un échantillon sur ses griffes.

— Tu penses qu'elles produisent carrément le poison ? Je me disais qu'elle avait dû les tremper dedans.

Bethany hausse les épaules.

— Aucune idée. Je ne présume plus de rien. Les scientifiques de la Meute réalisent des choses que je n'aurais jamais crues possibles, alors mieux vaut garder l'esprit ouvert. Pour ce que j'en sais, ils ont pu réussir à faire couler du poison depuis ses griffes, fabriqué par son propre corps.

Cette image me fait frémir. Comme si K2 n'était pas assez blessée comme ça.

— Quand va-t-elle se réveiller ?

— J'espère que la sédation va durer encore quelques heures. Gryphon était éreinté. Il a besoin d'une pause.

Elle me lance un regard accusateur, comme si c'était ma faute. D'accord, dans un sens, ça l'était. C'est moi qui ai entraîné les garçons là-dedans. Ils ne se seraient pas retrouvés mêlés au merdier de la Meute s'ils ne m'avaient pas rencontrée.

Gryphon se lève et revient un instant plus tard avec un petit pot. Il dépose le baume à l'odeur fruitée sur ma blessure, avec des gestes si doux que c'est presque comme s'il ne me touchait pas.

— Je regarderai tout à l'heure ce que ça donne. En fonction de ce que possède Bethany, je pourrai peut-être créer quelque chose de plus efficace pour réduire la cicatrice au maximum.

D'un mouvement expert, il refait le bandage, cachant la zone. Ouf. Je déteste voir ma peau abîmée.

Une odeur me frappe les narines, et je bondis sur mes pieds. Des loups. Je tends les mains vers mes couteaux et me rends compte que je n'en porte aucun. Merde.

La porte s'ouvre, et Lennox entre, suivi par deux hommes inconnus. Deux loups.

Le sourire qu'il nous adresse est un peu forcé.

— Hé, les gars, j'ai ramené des amis.

CHAPITRE 14

e plus grand des deux hommes a la cinquantaine bien avancée, des mèches grises au milieu de ses cheveux sombres et une barbe en broussaille qui lui mange le visage. Ses yeux sont comme du charbon luisant, remplis de pouvoir réprimé et d'autorité. Il est vêtu d'un long manteau en cuir noir, effiloché par endroit ; il a connu sa part de batailles. L'homme ne porte pas d'armes visibles, et pourtant, je parie qu'il cache un ou deux couteaux dans ses bottes hautes.

L'autre type est plus jeune, la trentaine peut-être, et très imposant. Il me fait penser à un tonneau, court et épais. Ses yeux sont d'un azur saisissant, seule couleur ressortant de sa tenue insipide. De petites cicatrices parsèment son visage et son cou comme une toile d'araignée. Curieux. La peau des métamorphes ne marque généralement pas, donc si des cicatrices restent, c'est que les plaies sont énormes et guérissent mal. À l'instar de celle de mon bras. Les siennes sont minuscules, à peine visibles. Je me demande ce qui les a causées.

L'homme d'un certain âge me tend la main.

— Monsieur Moon, se présente-t-il. L'employeur de Lennox.

Je la serre en dissimulant mon hésitation. J'ai grandi en compagnie de loups métamorphes, voilà pourquoi je ne suis pas fan d'eux. À l'exception de Lennox, bien sûr.

— Kat Feln, dirigeante de *M.I.A.O.U.* Ravie de faire votre connaissance.

Mes bonnes manières m'épatent. Voici Kat la professionnelle, le masque que je revêts quand je rencontre mes clients pour discuter des assassinats qu'ils veulent que je commette pour eux. En règle générale, je réserve ce comportement à mon bureau. Seul problème : je ne porte qu'un tee-shirt et une culotte, même pas de pantalon ni de soutien-gorge. Pas vraiment une tenue professionnelle. Cela dit, M. Moon ne relève pas ma quasi-nudité.

Sa poigne est ferme, sans être menaçante. J'attends que l'autre homme se présente à son tour, or il garde le silence. Très bien. Un garde du corps, alors ?

— Toutes mes excuses pour cette interruption pendant votre petit déjeuner, mais cela ne peut attendre.

Je hoche la tête. Il a raison d'être désolé.

— Ne vous en faites pas, nous avions terminé.

J'aimerais avoir encore un bureau. Nous aurions été plus à l'aise pour parler que dans un salon en bazar faisant aussi office de cuisine, dans une vieille roulotte. Pour le côté professionnel, on repassera. Maintenant que le dernier laboratoire a été détruit, je vais pouvoir chercher une nouvelle maison. Je commence à me sentir claustrophobe, ici.

— Allons discuter dehors, proposé-je, voyant au même instant Lily se lever et donner un coup de coude à Bethany pour qu'elle l'imite.

— Nous allions partir, vous pouvez prendre nos sièges, dit-elle d'une voix agréable.

Au moins, elle ne leur propose pas de thé. Je n'ai pas envie que ces hommes s'attardent. Nous avons beaucoup de choses à nous dire, maintenant que Lennox est revenu.

— Ivy, Quatre, venez avec moi, j'ai quelque chose à vous montrer.

M. Moon adresse un sourire à Lily et se plie pour faire entrer son corps imposant sur le banc. L'homme plus jeune le rejoint sans un mot. Ils ne semblent pas du tout à leur place ici.

Les quatre filles s'en vont, ce qui fait que la roulotte paraît un peu moins bondée.

Lennox pose une main en bas de mon dos.

— Salut, souffle-t-il. Désolé pour ça.

— Mademoiselle Feln, Lennox m'a raconté votre mésaventure, et j'ai senti que je devais en discuter avec vous en personne. Parlez-moi de ces loups que vous avez rencontrés dans la forêt.

— Je ne les ai pas vraiment rencontrés, j'ai plutôt protégé un chaton sans défense contre leur attaque, rectifié-je en me tournant vers Lennox. Que leur as-tu raconté ?

— Tout ce que je savais, répond-il en haussant les épaules.

— Alors c'est à peu près tout ce qu'il y a à savoir. Je ne vois pas trop ce que je peux ajouter, monsieur Moon.

Il me décoche un sourire ; ses yeux scintillent.

— J'ai une théorie quant à leur identité, mais pour la confirmer, j'ai besoin de tous les petits détails. Vous devez tout me dire.

Je soupire.

— Pourquoi ? Je ne sais rien de vous. Tous les loups que je connais soit font partie de la Meute, soit la fuient. Vous ne semblez être ni l'un ni l'autre.

Monsieur Moon regarde Lennox, et la fierté se lit sur son visage barbu.

— Alors comme ça, il ne vous a rien dit. Bien joué, Lennox. Je savais que je pouvais te faire confiance.

Il reporte son attention sur moi.

— Vous avez raison quant aux loups soit dans la Meute, soit en fuite. J'en faisais partie, il y a longtemps. Je croyais même en la justesse de leurs actes.

Je me raidis, mais il lève la main.

— C'était autrefois. J'ai grandi au sein d'une meute de loups sauvages. Il n'y avait aucun cadre, aucune règle. C'était le carnage. Nous tuions sans raison, terrorisant les humains non loin. Parfois, nous nous entretuions aussi. Lorsque j'ai vu ce que faisait la Meute, j'ai cru que contrôler les métamorphes, leur donner un but, c'était une meilleure façon d'agir. J'ai mis du temps à comprendre la réalité. À savoir que ce n'était pas du tout au profit des métamorphes qu'ils opéraient.

— Vous savez qui est vraiment à la tête de tout ça, commente Gryphon.

Monsieur Moon opine.

— Oui. Quand je l'ai découvert, j'étais furieux. Comme j'occupais une place plutôt importante au sein de la Meute, je ne portais pas de collier. J'étais là par choix. Donc je suis parti. Ils ont essayé de me faire revenir, mais je n'étais pas l'un de leurs louveteaux qui devient fou lorsqu'il se retrouve sans collier pour la première fois. J'étais un homme adulte, plus fort que la plupart d'entre eux. En fin de compte, ils m'ont laissé tranquille et j'ai créé ma propre organisation. Une alternative à la Meute, qui offre le cadre et la discipline nécessaires à l'éducation de métamorphes, mais sans les colliers, les expériences et la torture.

— Ça me paraît trop beau pour être vrai, lui dis-je honnêtement. Et comment se fait-il que je n'aie jamais entendu parler de vous ?

— Nous œuvrons dans l'ombre. Toute personne nous rejoignant est liée par le secret. Briser ce serment est passible de mort. Voilà pourquoi je suis très content que le jeune Lennox ne vous ait pas parlé de nous. J'aurais détesté devoir faire de lui un exemple.

Merde. Je m'en veux à présent d'avoir tant insisté pour que

Lennox me dise qui est son employeur. Pas étonnant qu'il ait si catégoriquement refusé de me le révéler. S'il avait cédé, il aurait été automatiquement condamné à mort. Il aurait dû m'avouer ce fait, cela dit. J'aurais été compréhensive. Sans doute.

Monsieur Moon se racle la gorge.

— Revenons à notre problème. Lennox m'a dit que les loups que vous avez croisés portaient la même odeur que ces ours mutants que la Meute a créés. Est-ce exact ?

J'opine du chef.

— Ce sont vraiment des ours ?

— De l'ADN humain agrémenté de celui d'un ours métamorphe qu'ils ont capturé il y a des années, confirme-t-il. Le seul de son espèce que j'aie rencontré. Jusque-là, je croyais que ce n'était qu'un mythe. Eh bien, la Meute l'a attrapé et l'a soumis à des expériences.

— Rien d'étonnant, marmonne Ryker. On dirait qu'ils ne savent faire que ça.

— Vous devez, de ce fait, comprendre mon inquiétude. S'ils ont réussi à mélanger de l'ADN d'un ours métamorphe avec celui de loups métamorphes, je dois faire quelque chose. Je refuse de voir mon espèce subir des expériences.

— Mais ce n'était pas un problème quand il s'agissait de félins, c'est ça ? rétorqué-je sèchement, saisie d'une soudaine colère. Vous deviez être au courant, si vous étiez vraiment si haut placé dans la Meute.

Il rive son regard au mien et hoche lentement la tête.

— J'étais au courant, oui. De quelques bribes, pas de tout le tableau. Je vous ai parfois aperçue pendant votre enfance. Je savais que vous étiez différente, que vous n'étiez pas qu'un chat errant qu'ils avaient attrapé. Mais seul un nombre restreint de personnes avait le droit d'interagir avec vous. Cela faisait partie de l'expérience. Tout était surveillé, chaque conversation avec vous était enregistrée. Et j'avais d'autres soucis.

Oui, je n'en doute pas. Il y a toujours plus important.

— Monsieur Moon m'a accueilli, m'explique Lennox à voix basse. Après ma fuite de la Meute, je suis devenu sauvage pendant un temps. Pendant quelques heures, j'ai totalement perdu la tête. Ensuite, j'ai mis des semaines à reprendre le contrôle de moi-même. Je n'étais pas aussi prudent que je l'aurais dû. La Meute a failli m'attraper, mais monsieur Moon m'a aidé et offert un nouveau foyer.

— En échange d'un boulot pour lui, rétorqué-je, toujours énervée contre l'autre loup.

Lennox hausse les épaules.

— Oui, mais c'était ma décision. J'aurais pu m'en aller et tenter de survivre seul. J'ai *choisi* de rester. Sans monsieur Moon, je n'aurais peut-être pas vécu assez longtemps pour te revoir.

J'aurais adoré contredire cet argument, mais je me tais.

— Revenons à notre problème, dit son employeur après s'être raclé la gorge. Je dois retrouver ces loups et ceux qui les ont créés.

Je ravale un grognement.

Cela ressemble à nouveau à ma propre situation de félin cloné. Je ne vais pas en plus enquêter sur les loups clonés. J'aime Lennox *malgré* le fait qu'il soit un loup, pas *parce qu'il* en est un. Chats et chiens ne seront jamais amis, sur le plan des espèces. Sur le plan des individus, c'est rare. Lennox est une exception, et surtout parce qu'il se comporte comme un chat la moitié du temps.

— Lennox et Ryker sont allés voir les corps après que je les ai tués. Je n'ai fait que défendre un chaton contre eux, c'est tout. Je n'ai pas eu le temps de m'inquiéter de ces étranges loups depuis, j'ai été un peu occupée.

C'est un sacré euphémisme. « Occupée » ne suffit même pas à décrire ma situation.

— Le temps que nous arrivions sur place, les corps avaient

disparu, m'explique Lennox. Je n'ai pas eu l'occasion de te le dire.

Ah oui, parce qu'à leur retour, j'étais une épave déversant ses tourments auprès de Gryphon. Je préfère ne pas m'attarder sur ce souvenir. Je suis Kat la professionnelle en cet instant, ce n'est pas l'endroit adéquat pour faire preuve d'émotion.

— Ce qui signifie qu'il y en a d'autres, et pas seulement les trois que vous avez tués, commente monsieur Moon, énonçant l'évidence.

— À moins que ce ne soit l'œuvre de leurs créateurs et non d'autres loups. S'il y avait eu des métamorphes à proximité, je l'aurais senti. J'étais sous forme animale et en état d'alerte. Il aurait fallu qu'ils soient vraiment loin pour échapper à ma vigilance.

Il hoche la tête.

— Ce qui signifie soit qu'ils avaient un moyen de surveiller les loups à distance qui les a informés de leur mort, soit que des non-métamorphes vous observaient sans que vous ne vous en rendiez compte. Des sirens, peut-être.

Je secoue la tête.

— Peu probable. J'ai fréquenté des sirens assez souvent pour être en mesure de reconnaître leur odeur. Elle a beau être très similaire à celle des humains, elle reste assez identifiable, pour moi.

— Il y a une différence ? demande-t-il, sincèrement étonné. Je ne pensais pas. Aucun loup n'a jamais été capable de distinguer un humain d'un siren. C'est pour ça que j'ai mis si longtemps à réaliser qui dirigeait vraiment la Meute.

Étrange. À l'époque où je vivais là-bas, je savais que des gens n'avaient pas la même odeur que les autres, bien que je ne me sois pas attardée dessus. J'ai compris, avec le recul, que déjà à ce moment-là je pouvais distinguer humains et sirens, même si je l'ignorais. Si ce que dit monsieur Moon est vrai, alors il n'a pas conscience de la présence d'un siren dans la pièce.

J'échange un regard avec Gryphon, qui semble en être arrivé à la même conclusion que moi. Espérons que le loup ne découvrira rien. Gryphon est l'atout dans ma manche ; je préférerais qu'il y reste caché.

— Pourriez-vous me conduire à l'endroit où vous avez combattu les loups ? me prie monsieur Moon sur un ton aimable.

Ce type ne renonce donc jamais.

— Je suis désolée, mais...

— Je peux vous offrir quelque chose en échange, me coupe-t-il. Vous l'ignorez sans doute, mais la nouvelle s'est déjà répandue concernant les événements de la nuit dernière. Ne vous en faites pas, Lennox n'a rien dit. J'ai des yeux et des oreilles partout. Je sais que vous avez attaqué l'un des labos de la Meute hier, et je présume que c'est pour trouver davantage d'informations sur le projet Indigo ?

Il connaît même le nom de cette foutue expérience ? J'ai envie de trucider Lennox, pour ne pas m'avoir présenté ce loup avant. J'aurais pu obtenir des réponses bien plus tôt.

Je masque ma réaction.

— Vous présumez bien.

— Dans ce cas, ma proposition va vous plaire. Si vous m'aidez à retrouver ces loups, moi, je vous aide à récupérer les derniers clones. Ceux qui sont détenus dans cette installation que vous n'avez pas encore découverte.

CHAPITRE 15

Je serre ma tasse de thé et fixe la vapeur qui s'en échappe. Une piste s'est pointée devant ma porte et j'ai failli ne pas la – le – laisser entrer.

Monsieur Moon et son compagnon silencieux sont partis en promettant de revenir au crépuscule. Il va rassembler une équipe pour l'aider à chercher les loups mutants. Je ne sais pas pourquoi il a besoin de moi alors qu'il dispose d'experts en filature, mais bon. Il me propose des informations sur mes sœurs, donc je suis plus que ravie de lui apporter mon aide.

Les jumelles sont revenues dès qu'il a quitté la roulotte. J'ignore si elles ont écouté depuis l'extérieur, mais si c'est le cas, elles ne font aucun commentaire sur notre conversation. Elles sirotent le chocolat chaud que Bethany leur a préparé. Elle a fondé une étrange relation avec elles. Je crois qu'elle est devenue leur héroïne lorsqu'elle leur a tendu le chocolat ; leurs expressions étaient désopilantes.

— Désolé pour ça, s'excuse Lennox pour la troisième ou quatrième fois. J'étais juste venu lui dire que je m'absentais un peu plus longtemps que prévu, mais quelqu'un de la Troupe a découvert du sang dans la forêt, et j'ai révélé que je savais d'où il provenait.

— La Troupe ? demande Lily. Ce n'est pas comme ça qu'on appelle un groupe de lions ?

— Si, mais puisque « la Meute » existait déjà dans cette ville, monsieur Moon a décidé d'emprunter ce nom et de le garder pour lui. « Ma troupe, c'est la Troupe » : c'est son crédo.

— Beurk. Je n'ai pas confiance en lui.

La voix de Quatre dégouline de dégoût.

— Il travaillait pour eux et savait ce qu'il se passait. Il aurait pu mettre un terme aux expériences. Au lieu de ça, il est parti et a fermé les yeux.

— Je suis d'accord, marmonne sa sœur, l'attention focalisée sur sa tasse. Les choses auraient pu être très différentes pour nous si lui ou les gens comme lui avaient tenu tête à la Meute et fait quelque chose. Il se prend peut-être pour un type bien sous prétexte qu'il a fondé une meilleure organisation, mais à mes yeux, il reste un lâche et un connard égoïste.

— Bien dit ! approuve Quatre en tendant sa tasse comme s'il s'agissait d'une chope de bière. Trinquons à ça.

Lily pouffe.

— Beth, tu as mis quelque chose dans leur boisson ?

— Un peu trop de sucre, sans doute, admet l'intéressée. Mais elles semblaient avoir besoin d'un petit remontant.

Elle va les gâter, je le devine déjà. Tout comme Benjamin gâte les chats de Ryker, et surtout les chatons. Je parie qu'il y en a plusieurs blottis contre lui dans le lit qu'il a réquisitionné pour lutter contre sa maladie.

— Vous êtes allées voir Benjamin ? demandé-je aux filles en me souvenant que je suis censée être une bonne patronne.

— Oui, il va mieux, répond Bethany en bâillant. Et K2 est toujours inconsciente. Nous allons cependant devoir décider très vite si nous préférons la garder endormie ou si nous devons prendre le risque de la réveiller.

— On ne peut pas la laisser comme ça, protesté-je. Ça ressemblerait à ce que ferait la Meute.

— Tu as oublié qu'elle m'a torturée ? intervient Ivy, qui me fusille du regard. On n'est pas en sécurité avec elle. Elle nous trucidera à la moindre occasion. Gryphon ne pourra pas la contrôler indéfiniment.

— Non, mais nous trouverons peut-être le moyen de la soigner, répliqué-je, en essayant de ne pas être trop dure.

Ivy a raison de craindre K2 ; cette dernière est imprévisible. Et dans la mesure où elle a failli me tuer, je devrais sans doute avoir peur, moi aussi. Ce n'est pas le cas, cependant. Je ne ressens que de la pitié.

Je soupire.

— Parlons plutôt de ce qu'il s'est passé hier soir. Il me manque des bouts, tout comme vous ignorez ce qu'il m'est arrivé avec K2. Qui veut commencer ?

— Moi.

Lennox me fait un grand sourire.

— J'ai été éclaboussé par des morceaux d'une cervelle qui a explosé.

Cette scène le réjouit encore maintenant. Est-ce le moment de m'interroger sur mon choix en matière de compagnon ?

Je lui rends son sourire.

— C'est ce qui a conduit à l'explosion de la cervelle qui m'intéresse. Que s'est-il passé après mon départ ?

— Le type s'est montré beaucoup plus coopératif dès que Lennox est revenu avec le collier, explique Quatre, un sourire malicieux aux lèvres. Presque aimable. Mais comme nous n'étions pas sûrs qu'il nous disait la vérité, nous lui avons passé le collier autour du cou, malgré ses protestations.

— Ça ne lui a pas plu, ajoute sa sœur.

— Pas du tout, non. Il a beaucoup crié et supplié, mais Lennox a été parfait. Il a continué à lui mettre le collier. Dès que celui-ci s'est refermé, le type a eu les yeux vitreux et a bavé sur sa chemise.

Ivy se marre.

— Il était ridicule. J'ai vraiment aimé ce moment.

— Moi aussi. Au bout d'une ou deux minutes, il a semblé se reprendre un peu, être légèrement plus alerte. Il réussissait à répondre aux questions, même s'il parlait sur un rythme bizarre et très lent. Comme. Ça. Deux. Syllabes. À la. Fois. Maxi. Mum.

Elle pouffe.

Oh, merde. Mes sœurs sont étranges.

Heureusement, Lennox enchaîne avant que je n'aie le temps de leur intimer d'arrêter de rire.

— Il nous a dit qu'il n'a pas rejoint le projet dès le début, donc K2 et toi étiez déjà nées quand il est devenu l'assistant du Professeur Lakefield. Il était chargé de s'occuper d'elle, mais aussi d'expériences qui te concernaient toi et d'autres clones. D'autres sœurs, pardon. Si certains scientifiques se concentraient surtout sur la partie comportementale du programme, ce qui l'intéressait pour sa part, c'était le côté physiologique. La façon dont il pouvait modifier votre comportement à l'aide de drogues plutôt qu'avec le collier ou votre formation.

Je porte ma tasse à mes lèvres pour boire une nouvelle gorgée – elle est vide. Tant pis, je ne suis pas d'humeur à me lever pour la remplir.

— Laisse-moi deviner… C'est lui qui a créé la drogue qu'ils nous donnaient ? Celle que j'ai trouvée dans le labo ?

— Oui. C'en est une parmi d'autres qu'il a testées. Je ne sais pas combien de substances différentes vous ont été administrées à toi ou aux autres, mais il nous a conduits jusqu'à un meuble de rangement censé contenir toutes les réponses.

— Ne t'en fais pas, on l'a sorti du bâtiment avant d'y mettre le feu, me rassure Quatre avec un grand sourire. Il est planqué près du labo, attendant qu'on aille le récupérer. On l'aurait bien pris avec nous, mais le chat est venu nous prévenir que tu étais blessée, donc nous n'avons pas eu le temps. Nous l'avons sorti tandis qu'Ivy jouait avec ses allumettes, puis l'avons caché avant de suivre le chat.

— Merci de m'avoir fait passer avant des documents.

Elle me sourit comme si elle n'avait pas perçu mon ironie.

— Je t'en prie.

— Là, il a commencé à parler des effets de cette drogue sur K2, poursuit Lennox. Il a affirmé qu'elle l'empêchait de se transformer et la rendait plus bestiale en même temps. Mais comme Quatre te l'a dit, le chat est arrivé ensuite et nous lui avons demandé l'antidote, puisque c'était écrit sur le petit mot. Il a tout de suite compris de quoi nous parlions. Je parie que c'est lui qui a donné l'ordre à K2 de t'empoisonner.

— Et à ce moment-là, sa tête a explosé, enchaîne Quatre. En millions de morceaux. Il n'y avait pas autant de sang que je m'y attendais. Enfin, pas avant qu'il ne tombe et que le sang se déverse de son cou. Puisqu'il n'y avait plus de tête pour contenir l'hémorragie, tu vois.

— Oui, merci pour l'explication, je m'y connais en anatomie, répliqué-je sèchement.

Je n'ai pas pu m'en empêcher. Je déteste être prise de haut. J'ai décapité plus de gens jusqu'à maintenant qu'un assassin ne le fera dans toute sa vie. Je suis une experte.

Lennox pouffe.

— Donc nous avons suivi le chat jusqu'à toi.

Son sourire disparaît.

— Tu étais inconsciente et tu respirais à peine. Pendant que j'essayais de te faire boire l'antidote, Ivy s'est occupée de ta blessure.

En d'autres termes, elle l'a léchée. Ma sœur m'a léché le bras. Un vrai comportement de chat.

— Quand tu as entamé ta guérison, Gryphon nous a dit de

ramener Ryker à la maison. Les jumelles auraient aimé rester avec toi, mais j'ai pensé que Ryker pouvait avoir besoin de l'aide d'Ivy, alors nous sommes partis tous ensemble. Tu connais la suite.

Il voulait qu'Ivy lèche mon Ryker. Sachant qu'elle a déjà léché Gryphon. Ça commence à dégénérer.

Lily se lève et place la bouilloire sur le feu.

— On dirait que vous vous êtes bien amusés tandis qu'on s'ennuyait à mourir ici, se plaint-elle. La prochaine fois, j'insiste pour avoir un peu d'action.

— Le cœur de Ryker s'est arrêté, Gryphon s'est fait éventrer, Kat a été blessée et empoisonnée, et ils ont tous failli se faire gazer, résume Bethany. Je crois que je suis plutôt contente d'être restée à la maison.

Lily hausse les épaules.

— Présenté comme ça…

— À ton tour. Que t'a dit K2 ? me demande Quatre, ignorant les humaines.

Je devrais vraiment arrêter de compter Lily comme telle, mais en dehors de sa capacité à séduire les hommes, elle n'est pas très puissante. Et je suis très contente qu'elle ne puisse pas lire dans mes pensées, parce qu'elle me tuerait pour celle que je viens d'avoir. Elle déteste être considérée comme ordinaire.

— Déjà, vous devez savoir qu'elle était parfaitement cohérente, commencé-je après que Lily a rempli ma tasse. Rien à voir avec son comportement de morte-vivante ou quand elle se bat comme un robot ninja. Non, elle était une personne normale, avec des sentiments, des expressions, une vie.

— Quelle poète, ironise Bethany.

— La ferme. Elle m'a raconté qu'elle avait parfois des moments de perspicacité comme celui-là, où elle avait le contrôle total de son esprit, mais que ces instants se raréfiaient.

Je leur relate la suite de ma conversation avec K2, regrettant un peu que Gryphon soit mon seul témoin. Les jumelles n'ont pas l'air de me croire. Ou de croire au fait que K2 ait agi avec tant de lucidité, du moins. Je comprends leur point de vue, bien sûr. Ivy s'est fait torturer par K2, qui les a attaquées toutes les deux à plusieurs reprises. Il est normal qu'elles se montrent prudentes.

— Peut-être que nous trouverons dans les documents quelque chose concernant ce filet siren qu'elle a mentionné, suggère Gryphon à la fin de mon récit. Qui veut m'aider à aller les récupérer ? Je préférerais ne pas être présent quand les loups reviendront.

— Je t'accompagne, lancent en chœur Ryker, Ivy et Quatre.

Je ne peux ravaler mon rire. Ils semblent chercher à tout prix à éviter les loups. Je ressens la même chose, mais je n'ai pas vraiment le choix. J'espère que ça en vaudra la peine, que monsieur Moon détient véritablement l'information promise.

Je vérifie l'heure.

— Il reste quelques heures avant qu'il ne revienne. D'ici là, K2 va se réveiller. Que doit-on faire d'elle ? Gryphon, tu penses pouvoir la contrôler ?

Il fronce les sourcils et opine.

— Oui, quand je suis réveillé. Ça ne me plaît pas de dire ça, mais je préfère qu'elle soit sédatée quand je dors. C'est plus sûr pour nous tous ainsi, en attendant que nous trouvions une solution. Cela dit, si on peut la réveiller maintenant, j'aimerais passer du temps avec elle et tenter une petite expérience sur la meilleure manière de la contrôler.

Oh oh. Ça me paraît dangereux.

— Tu as besoin de compagnie ?

Il secoue la tête.

— J'arriverai mieux à me concentrer si je ne suis pas distrait par toi portant mon tee-shirt. Mais si tu m'entends crier, viens me sauver, je t'en prie. Tu peux même le faire sans tee-shirt.

Les jumelles se mettent à glousser, tandis que je regrette de ne pas posséder le don de disparaître.

CHAPITRE 16

L'obscurité tombe trop vite à mon goût. Blottie contre le torse de Lennox, je hume son odeur. Nous sommes dans le salon, donc je ne peux pas le toucher comme j'en aurais envie, mais c'est mieux que rien. J'ai enfilé ma tenue noire habituelle. Pas ma combinaison en cuir préférée, malheureusement ; il va falloir beaucoup la repriser, à condition même qu'elle soit réparable.

Je me sens plus à l'aise avec mes couteaux à leur place normale, de même que mes aiguilles empoisonnées et un garrot. On ne sait jamais quand on peut avoir besoin d'étrangler quelqu'un.

Gryphon, Ryker et les jumelles sont partis dès que le soleil a disparu derrière l'horizon. À mon avis, ils ne reviendront qu'après le départ des loups. Benjamin est toujours couché, de même que K2, à nouveau sédatée. Je n'ai pas pu la voir éveillée, Gryphon a passé de nombreuses heures en sa compagnie à essayer de trouver le moyen de l'atteindre sans perdre le contrôle qu'il a sur elle. Sans résultat. Cependant, bien que frustré, il n'abandonne pas tout espoir. Qui sait, nous dénicherons peut-être quelque chose d'utile dans les fichiers qu'ils sont allés chercher.

Lennox se raidit.

— Ils arrivent.

J'étends mes sens : je n'entends et ne sens rien.

— Comment le sais-tu ?

— C'est un truc de loup.

Voilà qui n'explique rien du tout, mais je laisse couler. Nous avons plus important à faire ce soir, comme trouver des loups mutants afin que monsieur Moon puisse me dire où sont mes dernières sœurs.

Ses compagnons et lui mettent cinq minutes à arriver. Plutôt que de les inviter dans la roulotte à nouveau, nous les attendons à l'extérieur. Hors de question que mes affaires empestent l'odeur de loup. Lennox est le seul à être autorisé à marquer cette maison, et malgré tout, je suis contente que les chats soient en majorité.

— Mademoiselle Feln, je suis ravi que vous n'ayez pas changé d'avis, me dit monsieur Moon en guise de salutation.

Il est venu avec cinq loups, tout de noir vêtus, et tous très, très imposants. On dirait qu'il n'autorise que les loups les plus forts à rejoindre sa troupe. À moins que les autres ne restent à la maison, à effectuer des tâches plus ingrates.

— Vous êtes prêts à partir ?

J'opine.

— Allons-y.

— Tout d'abord, j'aimerais que vous nous conduisiez à l'endroit où vous avez combattu les loups. Je sais que la plupart des traces ont sans doute disparu depuis le temps, mais nous trouverons peut-être quelque chose qui a échappé à d'autres.

Je me retiens de lever les yeux au ciel. Bien sûr, partons à la chasse au loup sauvage à travers les bois. Je n'ai, pour seule compagnie, qu'un groupe de métamorphes bourrés de testostérone tandis que je suis l'unique félin. Qu'est-ce qui pourrait mal se passer ?

Trois d'entre eux se transforment. Pas monsieur Moon, qui reste humain et m'adresse un sourire agréable.

— Après vous.

Lorsque nous atteignons la forêt, l'obscurité est tombée. Les bois sombres constituent un endroit flippant, même pour moi, créature de la nuit. Il nous a fallu du temps pour arriver ici. Je n'avais pas réalisé que c'était si loin. La dernière fois, j'étais une panthère galvanisée par l'adrénaline du combat. Être humaine me ralentit.

Monsieur Moon ne cherche pas à faire la conversation, et je ne suis pas d'humeur à parler avec Lennox devant un public, donc nous marchons en silence. Le loup ne m'a pas présenté ses compagnons, mais je m'en fiche. Après ce soir, je ne les reverrai plus.

Quand nous nous rapprochons de la zone où les mutants ont encerclé la petite chatte, j'étends mes sens, renifle l'air, écoute les bruits de la forêt. De nombreux animaux sont passés par là depuis, et la légère odeur de pluie m'indique qu'il ne restera plus aucune trace.

Je reconnais sans peine le site, même dans l'obscurité. Et comme je l'ai dit à monsieur Moon, il n'y a plus rien à voir. Des feuilles humides recouvrent l'endroit où j'ai laissé les corps des mutants métamorphes.

— Déployez-vous, fouillez la zone, ordonne-t-il tout de même.

Je reste près de Lennox et observe les loups qui se mettent à l'œuvre. Ceux qui se sont transformés progressent la truffe au sol, tandis que les autres inspectent les arbres et soulèvent les pierres. C'est stupide, d'après moi, mais personne ne me demande mon avis.

Après avoir regardé ses hommes travailler pendant quelque temps, monsieur Moon s'avance en plein milieu de la scène de crime. Ses iris sombres se mettent à rougeoyer comme du charbon allumé, et il fait de lents cercles sur lui-même. Il doit s'agir d'un truc flippant de loup que j'ignorais.

— Qu'est-ce qu'il fait ? murmuré-je à l'intention de Lennox.

Toutefois, mon loup est figé sur place, les yeux rivés sur son employeur. Les siens brillent aussi, quoique pas autant que ceux du métamorphe plus âgé, mais suffisamment pour me faire stresser.

— Lennox ?

Il ne réagit pas, ne cille pas. Bordel. C'est quel genre de magie, ça ? Aucun des loups ne bouge, tous paraissent dans une espèce de transe. Je n'ai jamais rien vu de la sorte, pas même au sein de la Meute, pourtant remplie de loups métamorphes. Moi qui pensais tout savoir sur eux. Il semblerait que je me trompais.

Je m'approche de monsieur Moon et agite la main devant son visage.

— Qu'est-ce que vous faites, putain ?

— Silence, grogne-t-il sans me regarder.

Hors de question que je me laisse faire. Il a mentalement pris le contrôle de mon ami, mon compagnon. Je ne le lui permets pas.

D'un geste fluide, je dégaine mon couteau et le plaque contre sa gorge. L'acier brille dans la nuit, une vision familière qui calme un peu mon inquiétude. Beaucoup de choses peuvent se régler avec une lame et de la détermination.

— Laissez-le partir, sifflé-je entre mes dents serrées.

Je sens mes incisives se transformer en crocs tandis que je fusille l'homme du regard.

Il ne répond pas, ne tressaille même pas. J'appuie le couteau plus fort contre sa gorge, jusqu'à faire couler le sang.

— Stop, grogne-t-il, l'air soudain épuisé, même si son expression n'a pas changé. Encore un peu plus.

Un peu plus de quoi ? De temps ? De sang ? D'énergie vitale de mon compagnon ? J'écoute le cœur de Lennox, rien que pour m'assurer qu'il va bien. Il bat à peine plus vite que d'ordinaire – rien de dangereux.

— Je vous accorde une minute, ensuite, je vous tranche la gorge, annoncé-je en relâchant légèrement la pression.

Je préférerais qu'il ne se blesse pas par accident en cas de mouvement brusque. J'ai beau ne pas aimer monsieur Moon, je suis assez maligne pour savoir que le tuer me causerait de sérieux ennuis. Il est puissant. En plus, Lennox pourrait m'en vouloir un peu, si j'assassinais son patron.

Je compte les secondes, prête à exécuter ma menace. Toutefois, juste avant la fin du délai imparti, les prunelles de monsieur Moon cessent de luire et il fait un pas en arrière, les épaules basses et le souffle court. Il donne l'impression d'avoir affronté une meute de chiens enragés ou couru un marathon.

— Kat.

Je pivote vivement sur moi-même et m'empresse de rejoindre Lennox. Il est appuyé contre un arbre, l'air aussi éreinté que son patron.

— Qu'est-ce qu'il s'est passé, bon sang ? Tu m'as fichu la trouille.

— Désolé, je ne savais pas qu'il comptait faire ça, pantelle-t-il en se tenant les côtes. Sinon, je t'aurais prévenue. La vache, j'avais oublié comment on se sent mal après.

— Après quoi ?

— La Connexion, explique monsieur Moon, qui semble avoir moins d'énergie qu'avant. C'est une pratique peu connue. Je suis sans doute le seul loup de cette ville à maîtriser cette technique. La Meute ne sait pas que ça existe, en tout cas, sinon ils feraient un tas de choses malveillantes avec.

— Mais qu'est-ce que c'est ?

— Nous connectons nos esprits pour étendre notre conscience et repérer des échos que nous ne percevrions pas sinon. Des échos de conscience, des traces de ce qui s'est trouvé en cet endroit. Cela ne fonctionne qu'avec les autres loups, et je craignais que les mutants ne le soient plus assez, mais par chance, ça a marché.

Je suis sidérée. Des échos de conscience ? Ça me paraît être des boniments.

Lennox me prend la main.

— Je sais que tu as envie de lui sauter dessus, mais ne le fais pas, s'il te plaît. Il dit la vérité.

— Je n'allais pas le faire, marmonné-je, mentant un peu.

Monsieur Moon m'agace, et je ne suis pas sûre de pouvoir me retenir très longtemps en sa compagnie.

— J'ai vu les loups, poursuit Lennox, que je dévisage, surprise. C'est difficile à expliquer. Vois ça comme des ombres. Ils ne sont plus là, mais leurs ombres s'attardent toujours ici, traînant davantage que leur odeur. Tu as arraché la gorge de deux loups et éventré le troisième, c'est bien ça ?

Je confirme lentement de la tête. Le goût du sang des loups emplit ma bouche, un agréable souvenir qui devrait me révulser. Disons que mon esprit est écœuré, mais que mon corps me trahit. Mes glandes salivaires se mettent en surrégime, et je suis obligée de déglutir pour pouvoir réfléchir.

— Nous ne t'avons pas vue pendant la Connexion, mais nous les avons vus mourir. Ils sont restés allongés ici un moment, puis ils ont été transportés ailleurs. Pas par des loups, cela dit. Nous n'avons donc pas pu voir qui les a déplacés.

— En d'autres termes, nous cherchons des humains, des sirens, ou quelque chose de totalement différent, commente monsieur Moon d'une voix plus forte.

Il semble redevenu lui-même. Les autres loups se rassemblent autour de lui. Ils ont mauvaise mine ; je me demande si leur patron les a prévenus qu'il comptait faire appel à la Connexion. J'ai le sentiment que c'est le genre de chose qui requiert le consentement des protagonistes.

— Monsieur, j'ai vu quelque chose, dit un homme maigre et nerveux en s'avançant.

Son bouc blanc brille comme un phare dans la nuit.

— Oui, Jack.

— Ce n'est peut-être rien, mais il y avait un éclat, comme celui dont je vous ai déjà parlé.

Monsieur Moon soupire.

— Qui s'est avéré sans intérêt.

— Mais si ça ne l'était pas ? insiste Jack avec défi.

Son patron soupire à nouveau, avec plus de force.

— Très bien, rapporte-moi exactement ce que tu as vu. Où se trouvait cet éclat ?

Jack fait quelques pas en direction d'un grand arbre. Je me souviens avoir bondi devant quand j'ai arraché la gorge du premier loup. Une nouvelle fois, je sens son sang sur ma langue. Je serre les poings, enfonçant mes ongles dans ma peau. La douleur m'aide à me concentrer.

— C'était là. Une silhouette de femme, mince, petite, cheveux longs. Je ne distingue pas ses traits. Elle regardait les loups et les gens qui les ont emmenés. Elle est puissante. C'est pour ça que je peux pas la voir. C'est elle qui dirige, j'en suis sûr.

— Une femme mystérieuse en charge de mutants, marmonne monsieur Moon, qui n'a pas l'air convaincu. Quelqu'un d'autre a trouvé quelque chose ? Des traces ? Des odeurs ?

Personne ne répond. Soit son équipe est vraiment mauvaise, soit il n'y a rien à dénicher. Je suis très tentée de lancer « Je vous l'avais bien dit ! », mais cela ne cadrerait pas avec la façade de professionnalisme que j'essaie de maintenir. Sans grand succès, d'ailleurs ; le couteau contre sa gorge ne cadre pas avec mon style professionnel. J'aime menacer et intimider, mais pas avec une lame et pas quand j'attends quelque chose de l'autre personne. Espérons qu'il oubliera ce petit incident.

— Jack, peux-tu suivre l'éclat ? lui demande son chef avec une pointe de dégoût.

L'intéressé opine.

— Quelques centaines de mètres, mais il va me falloir un peu plus de Connexion, sinon, je ne serai pas assez fort.

— Nous ne pouvons pas recommencer, refuse monsieur Moon avec véhémence. La dernière fois a déjà coûté trop d'énergie à tout le monde. Tu n'as pas d'autre solution pour exercer ton vaudou ?

— Ce n'est pas du vaudou, se plaint Jack. Je suis juste un peu plus sensible que les autres aux stimuli.

Monsieur Moon lève les yeux au ciel, comme s'ils avaient déjà eu cette conversation auparavant.

— Ce qui pourrait m'aider, c'est de tenir quelqu'un ayant vu les mutants. Ayant été en contact avec eux.

Ah hem, il parle de moi, là ?

— Tu ne la touches pas, grogne Lennox, soudain devant moi, en me plaçant derrière lui.

Tout doux, petit chien. Je ne le dis cependant pas. Je ne veux pas lui causer de l'embarras devant les autres loups. Je préfère le laisser agir comme un alpha et un macho maintenant, mais de retour à la maison, il va m'entendre. Je vais lui montrer qui est vraiment le patron. La chaleur embrase mon intimité à cette pensée. Oui, je le remettrai à sa place.

— J'ai besoin de la toucher, c'est nécessaire, insiste Jack. Comme elle a tué les loups, elle a leur trace sur elle. Si je peux lire dans ses souvenirs, je pourrai peut-être traquer la femme.

— Attendez, vous voulez lire dans mes souvenirs ?

J'écarte Lennox et lance un regard intimidant à Jack.

— Hors de question.

Il baisse la tête, et semble surpris de son propre geste. Je parie qu'il n'a pas l'habitude de se montrer servile envers quelqu'un ne faisant pas partie de la Troupe. Encore moins envers un chat.

— Ce ne sont pas tant les souvenirs, mademoiselle, que... Voyez ça comme des empreintes de pas. Je ne peux pas distinguer l'homme qui les a laissées, mais je peux estimer sa taille et sa carrure. C'est un peu ça, même si pas tout à fait.

— Jack est le philosophe de notre bande, grogne monsieur Moon. La moitié de ce qu'il dit n'a aucun sens, mais de temps à autre, il a raison et a une idée brillante qui nous aide bien. C'est pour ça que je l'ai emmené avec moi.

Des empreintes de pas. Des éclats. La Connexion. La tête me tourne face à tous ces étranges concepts. Moi qui croyais que nous nous livrerions simplement à une recherche de traces. Je préférerais être bien installée dans la roulotte, avec un chocolat chaud à la main, un cookie à l'herbe à chat et un ou plusieurs corps contre le(s)quel(s) me blottir. Au moins, Lennox est avec moi. Je fais un pas en arrière, jusqu'à me plaquer contre lui, comme si de rien n'était. Il ne réagit pas. Enfin, nulle part *sauf* à un endroit. Je ravale un sourire. Quelqu'un est content de me toucher, à ce que je sens.

Ce qui me ramène à mon problème actuel.

— Donc, vous ne pouvez pas lire dans mes souvenirs ? demandé-je, juste pour être sûre.

— Non, vos secrets ne craignent rien.

Quand Jack me sourit, son bouc remue étrangement. Ouah, très rassurant.

— J'imagine que je n'ai pas le choix, alors.

Je lui tends la main.

— Allez-y, c'est tout ce que vous aurez le droit de toucher. Dépêchez-vous, s'il vous plaît, j'ai mieux à faire que d'être... touchée.

Lennox ricane tout bas, pour que je sois la seule à l'entendre.

Jack prend ma main entre les siennes, avec prudence,

comme s'il craignait que je le frappe en plein ventre. Il n'a pas tort. Ma deuxième main se trouve sur ma taille, non loin de ma dague. S'il fait le moindre geste de travers, je lui couperai la gorge avant même qu'il n'ait le temps d'ouvrir la bouche pour s'excuser.

— Fermez les yeux, s'il vous plaît, et souvenez-vous de ce qu'il s'est passé ici, me prie-t-il, d'une voix tout à coup plus grave et plus calme.

Je m'exécute, sans relâcher ma vigilance pour autant. Avoir les paupières closes ne signifie pas que je vais ignorer mes autres sens. Je reste en alerte, même si ce n'est pas l'impression que je donne.

— Pensez au moment où vous êtes arrivée. Vous étiez là pour le chat, c'est ça ? Il était blessé ?

— *Elle* se faisait attaquer. Piéger par trois loups.

— Vous n'avez pas besoin de le dire à voix haute, marmonne-t-il. Souvenez-vous-en simplement, imaginez la scène avec un maximum de détails.

Bon, d'accord. Bien que ce soit très étrange.

La chatte qui miaule. Les loups, enragés, bavant. Leurs griffes, pointues, reflétant le soleil de l'aurore. L'odeur de feuilles quand j'ai couru vers eux. Le vent ébouriffant ma fourrure. La première morsure, le sang. Si sucré que je n'ai pas pu me retenir.

— C'est bien, souffle Jack, très bien. Continuez.

Le premier loup, mort. Le second, qui saute au-dessus de moi, puis ses organes qui me tombent dessus. Encore plus de sang. Le troisième loup, moi sur son dos, mes dents autour de son cou. Nouveau meurtre. Encore plus de sang. Puis le chaton miaulant sous l'effet de la panique.

— Je l'ai. Patron, ça ne va pas vous plaire.

J'ouvre les yeux dès que Jack me lâche la main.

— Pourquoi ? Qu'y a-t-il ? demande monsieur Moon d'une voix sérieuse.

— C'est elle. L'Hypnotisse.

CHAPITRE 17

*L*ennox et moi attendons une explication, que monsieur Moon n'est pas en état de nous donner. Il lutte contre sa transformation, causée par la fureur qui a embrasé ses yeux sombres. De la fourrure noire jaillit de sa peau et ses ongles se muent en griffes. Il est proche du point de non-retour ; toutefois, il est fort. Il peut parvenir à se ressaisir sans se métamorphoser totalement.

Tout le monde s'écarte, l'observant à distance prudente. Rester à proximité d'un métamorphe essayant de se contrôler n'est jamais une bonne idée. Au cours de la transformation, nous sommes vulnérables, donc notre instinct prend le dessus. Si monsieur Moon considère tout à coup quelqu'un comme une menace, il terminera sa métamorphose et nous sautera à la gorge avant même que nous n'ayons compris que nous étions sa proie.

— Tu sais ce qu'il se passe ? soufflé-je à Lennox, en veillant à garder un langage corporel calme tandis que monsieur Moon grogne et tremble.

— Aucune idée. Je ne savais même pas que Jack pouvait faire ça. Je n'ai pas été très actif au sein de la Troupe ces derniers temps, comme tu l'as remarqué. J'avais plus excitant à faire.

Il me sourit, puis baisse encore plus la voix.

— Certains disent même que je ne devrais pas revenir du tout. Il paraît que je pue le chat.

— Eh bien, s'ils te mettent dehors, tu sais où se trouve ta véritable maison. Une fois que nous en aurons retrouvé une vraie, je veux dire.

Il me serre la main.

— Voyons ce que l'avenir nous réserve.

Je suis un peu triste qu'il n'accepte pas immédiatement de rester avec moi plutôt que de retourner au sein de sa Troupe. C'est un truc de loup, j'imagine. Ils aiment être en compagnie de leur espèce, bien plus que les chats de ce côté-là. Nous nous tolérons, et les familles ont un certain lien, mais ce que Ryker a fait – créer une communauté entière de félins – est très inhabituel.

Monsieur Moon se calme peu à peu et sa fourrure disparaît. Ses yeux luisent toujours, c'est presque naturel chez lui. C'est un homme étrange, je veux bien le lui accorder.

Je ravale un bâillement. Les derniers jours ont été épuisants. Les dernières semaines, même. J'aurais bien besoin d'un congé. Peut-être que nous devrions tous en prendre. Voyager dans différentes villes et les explorer jusqu'à en trouver une qui nous plaît, puis y acquérir une maison. Des vacances incluant un achat immobilier. Je parie que Lily me vouerait un amour éternel, elle qui adore bourlinguer. Les autres, je ne suis pas sûre. À part Gryphon, nous venons tous de cette ville, ou des environs en tout cas. Cela dit, qu'est-ce qui me relie véritablement à cet endroit ? Rien. Au contraire, une fois la Meute totalement détruite et quand je n'aurai plus à m'inquiéter que les autres métamorphes soient en danger ou mes sœurs torturées, je serai tout à fait libre. Une nouvelle ville, c'est peut-être pile ce dont j'ai besoin. Un nouveau départ. Sans casseroles. Juste moi, ma famille et une valise pleine d'argent.

— Tu as l'air heureuse, marmonne Lennox. Tu as envie de m'en parler ?

— Plus tard, accepté-je. Je crois que ton patron va bientôt être de retour à la normale. Résolvons cette énigme, histoire de pouvoir sauver mes sœurs.

Voilà pourquoi nous faisons tout cela. Mes sœurs. Non pas que je me fiche des loups, mais… oui, je m'en fiche. Ce ne sont que des chiens glorifiés qui lèvent la patte pour pisser et ne contrôlent pas leur queue.

Monsieur Moon lisse son manteau et se passe la main dans ses cheveux en bataille, puis il s'approche de l'endroit où nous attendons, Lennox et moi. Il ne s'excuse pas d'être devenu un peu bestial.

— Avez-vous déjà entendu parler d'elle ? nous demande-t-il sans préambule. L'Hypnotisse ?

Je secoue la tête.

— Non. C'est un mot qui existe, ça ?

Il grogne tout bas.

— C'est comme ça qu'elle se fait appeler, depuis la Meute. Elle en fait partie. C'est une siren, leur arme la plus puissante. Je n'ai jamais connu de femme aussi dérangée qu'elle, et ce n'est pas peu dire.

Il rit.

— Vous auriez dû rencontrer mon ex. Elle était folle à lier.

Je me retiens à grand-peine de lever les yeux au ciel. Sa vie amoureuse ne m'intéresse pas. Même s'il se tapait dix vierges nues chaque soir tout en buvant leur sang, je m'en foutrais. Évitons cela dit de garder cette dernière image à l'esprit.

— Donc, c'est une siren ? le questionné-je, ce qui fait disparaître son sourire.

— Oui. Puissante, comme je l'ai dit. Elle pouvait même

contrôler les métamorphes sans faire trop d'efforts. Et elle y prenait grand plaisir.

— Ça ressemble bien à une siren, marmonne Lennox. Ils adorent forcer les autres à faire ce qu'ils veulent.

— Elle était très… instable, poursuit son patron. Je pensais qu'elle était une adolescente à la puberté violente, lorsque je l'ai rencontrée pour la première fois. En fait, elle avait déjà plus de vingt ans à l'époque. Ses sautes d'humeur étaient responsables de nombreux morts. Quand elle était mécontente, quelqu'un devait souffrir. À l'inverse, quand elle était heureuse, les gens autour d'elle se comportaient bizarrement, dansant, s'embrassant et retirant leurs vêtements. Je gardais mes distances avec elle et avais de la compassion pour ceux chargés de la surveiller.

— Pourquoi la laisser vivre librement si elle avait ce genre d'effets ? Après tout, les sirens n'ont aucun problème à enfermer les gens et à faire des expériences sur eux.

Monsieur Moon m'adresse un sourire narquois.

— C'est la fille du siren le plus haut placé de la région. Ce qui la rend intouchable. En outre, sa mère est un peu folle aussi, alors ça m'étonnerait qu'elle ait réalisé à quel point sa fille est dérangée. En tout cas, quand l'Hypnotisse a atteint le milieu de la vingtaine, quelqu'un lui a conseillé de se trouver une occupation. C'était surtout pour éviter qu'elle tue des membres de la Meute, mais ça s'est retourné contre eux. Elle s'est mise à faire des expérimentations sur les sirens et les métamorphes. Je ne connais pas tous les détails. D'après ce que j'ai entendu, elle a présenté le projet Indigo comme une simple cure de bien-être. C'est sans doute la femme la plus dangereuse que j'aie rencontrée, parce qu'elle dissimule son intelligence sous une apparence de folie. Je pense qu'elle se contrôle bien plus que tout le monde ne le croie.

Il pousse un profond soupir.

— Et maintenant, elle s'est mêlée des affaires des loups.

J'imagine qu'il est temps de l'affronter et de la juger pour ses crimes.

Quel connard arrogant. Il se fichait qu'elle fasse des choses horribles à d'autres espèces, mais désormais, elle s'en prend à la sienne, alors tout à coup il veut agir. Pathétique.

Lennox se racle la gorge pour attirer l'attention de son patron.

— Avez-vous toujours besoin de nous ? Il commence à faire froid.

— Non, vous pouvez partir, je vous tiendrai au courant si j'ai besoin de votre aide. Lennox, il faudra que nous discutions de ton avenir. Mademoiselle Feln, je vous contacterai demain pour vous transmettre l'information que vous désiriez concernant le projet Indigo.

Je lui adresse un bref signe de tête et me détourne, contente de pouvoir m'en aller. Je peux encore sentir le goût du sang dans ma bouche, et je me répugne à le vouloir autant. Si un loup mutant croise notre route, je ne pourrai pas m'empêcher de me gorger de son sang.

Je crains.

Ryker et Gryphon sont déjà au lit quand nous rentrons à la maison. Ils sont cependant toujours réveillés et ils parlent, mais s'arrêtent dès que nous entrons dans la roulotte. Des secrets ? Je vais devoir les découvrir. J'adore les mystères, surtout lorsqu'ils me concernent.

Quelqu'un a laissé des sandwiches sur la table. C'est très attentionné. Cette personne mérite une augmentation de salaire. J'attrape le seul au saumon et l'emporte dans la chambre, mâchant avec gourmandise le poisson fumé. Cela m'aide à me distraire de l'écho du sang dans ma bouche. J'espère que ça se terminera bientôt. Je ne peux pas continuer comme ça. J'ai l'impression d'être un vampire.

Je m'assieds sur le lit juste entre les deux hommes. Lennox s'enferme dans la salle de bains, m'accordant un moment seule avec eux.

— Comment ça s'est passé ? demande Ryker. Tu empestes le loup.

— Argh, ne m'en parle pas. La prochaine fois, je t'embarque avec moi pour me soutenir. Trop de chiens au même endroit. Cela m'a rappelé la Meute, à part qu'il y avait bien plus de testostérone ce soir.

Ryker rit.

— Ils ont marqué chaque arbre sur le trajet ?

Gryphon ricane.

— Écoutez-vous, tous les deux. Si je ne vous connaissais pas mieux, je dirais que vous êtes racistes. Chienistes ? Loupistes ?

Je lui lance un oreiller dessus, lâchant presque mon sandwich dans la manœuvre.

— Hé ! Je suis une femme très tolérante, mais aussi une chatte dans l'âme, et mon instinct me dit qu'on ne peut pas faire confiance aux loups.

— À certaines exceptions ! crie Lennox depuis la salle de bains.

— Évidemment ! répliqué-je en hurlant.

Ce qui n'était pas nécessaire, en fait ; son ouïe est assez bonne pour entendre tout ce que nous racontons.

Gryphon se redresse et m'enlace par-derrière, posant son menton sur mon épaule.

— Tu sens la forêt, pour moi. J'adore ça.

— Tu as de la chance d'avoir un nez incompétent, grommelle Ryker. Tu n'as pas à te demander combien ils étaient.

— Personne sur moi, en tout cas. J'ai serré la main de monsieur Moon et l'un de ses loups m'a touché…

Ryker grogne et ses yeux jaunes luisent de colère.

— Il a fait quoi ?

— … la main, complété-je, amusée par sa réaction. Qu'est-ce que tu crois ? Le seul loup autorisé à toucher plus que ça, c'est Lennox.

— Et heureusement ! commente l'intéressé depuis l'autre pièce.

Je devrais lui dire qu'il est malpoli d'écouter aux portes. Mais bon, j'aurais fait la même chose à sa place.

— Pourquoi a-t-il fait ça ? demande Gryphon.

Il change de position, se frottant contre moi dans la manœuvre. Puis il croque dans mon sandwich. Ce sale démon ! Moi qui croyais qu'il souhaitait me faire un câlin alors qu'il n'en avait en réalité que pour mon précieux saumon.

— Je ne te le dirai pas, me renfrogné-je en faisant la moue. C'était du vol.

Il pouffe et m'embrasse sur la nuque.

— Que veux-tu que je te dise ? Je suis un voleur très doué. Mais puisque c'est moi qui ai préparé ça, ce n'était pas vraiment du vol. C'est toi qui en as pris un sans demander, alors c'est toi qui es en tort.

— Attends, c'est toi qui as fait ça ? J'ignorais que tu savais cuisiner.

— Ce n'est pas ce que j'appellerais de la cuisine. J'ai juste coupé quelques tranches de pain et fourré des trucs à l'intérieur.

Oui, dit comme ça, ça a l'air facile. Alors que ça ne l'est pas du tout. Préparer des sandwiches est extrêmement difficile. Je n'arrive jamais à mettre la garniture sur le pain sans tout avaler avant.

— Tu veux bien te dépêcher de manger pour que je puisse t'embrasser ? se plaint Ryker.

— Pas de bisou sans moi ! s'écrie Lennox.

— Est-ce que j'ai mon mot à dire ? demandé-je, en faisant toujours la moue.

— Non. Mais tu devrais peut-être prendre une douche, toi aussi. Je n'ai pas envie d'embrasser quelqu'un puant le loup.

Ryker m'adresse un sourire innocent.

— Je serais ravi de t'aider, d'ailleurs. Tu sais, pour être sûr que toute cette odeur est partie.

— Il nous faut une cabine plus grande, soupire Gryphon. Et un lit plus grand. Et *tout* plus grand.

Je les laisse se chamailler tandis que je savoure mon sandwich. À la fin, j'ai toujours un peu faim. J'aurais bien apprécié cette bouchée que Gryphon m'a volée. Pour la peine, il ne prendra pas part à la douche.

J'attrape la main de Ryker.

— C'est l'heure de la toilette.

CHAPITRE 18

e me réveille allongée sur Ryker, avec les mains sur les poitrines de Gryphon et Lennox. Même dans mon sommeil, je les ai revendiqués tous les trois.

La chambre empeste le sexe. Bien qu'il y ait une minuscule fenêtre en haut du mur, je n'ai pas envie de m'embêter à l'ouvrir. Ryker est doux et chaud, et j'adore sentir son torse bouger chaque fois qu'il respire, me faisant monter et descendre comme une vague.

Je referme les yeux. Je ne suis plus fatiguée, mais je suis bien installée et heureuse. Je n'ai pas besoin de me lever tout de suite. Roupiller est une chose merveilleuse.

Rester au lit le temps que tout le monde se réveille naturellement, puis prendre le petit déjeuner tranquillement avec beaucoup de lait, et ensuite traîner au soleil avec rien à faire.

Un coup à l'entrée de la roulotte me redresse en position assise.

Je n'aurais jamais dû rêver d'une matinée paisible. Ça n'arrive pas aux gens comme moi.

J'étends mes sens. Il n'y a personne à la maison pour ouvrir la porte. Pas même K2. Mince.

Attends. Pas de K2. Merde.

Je bondis et attrape un tee-shirt au hasard au sol. Celui de Gryphon, en l'occurrence. Comment se fait-il que mes habits se retrouvent sans cesse sous les leurs ? Je ne m'en préoccupe pas. Je cours hors de la chambre, traverse le salon et entre dans la deuxième, où se trouvait K2 la dernière fois que j'ai vérifié. Vide. Son odeur s'attarde toujours dans l'air, comme celle de Benjamin. Il était trop malade pour quitter le lit hier, alors soit il s'est remis très vite, soit ils ont été enlevés.

— Que se passe-t-il ? crie Lennox depuis l'autre bout de la roulotte.

Je ne réponds pas et me précipite vers la porte d'entrée. Monsieur Moon, bien sûr. Mauvais timing.

— Attendez encore, lui lancé-je avant de lui claquer la porte au nez et de retourner dans la chambre. Gryphon, tu as endormi K2 hier ?

— Bethany l'a fait, oui. Pourquoi ?

— Elle est partie.

Il s'assied en vitesse.

— Partie ?

— Il n'y a personne ici. Juste nous.

La panique monte en moi.

— Est-ce que les humains ont pu l'emmener se promener ? demande Ryker, inquiet.

Gryphon secoue la tête.

— Impossible. Elle ne marche que quand je lui dis de le faire. Elle a dû se réveiller plus tôt qu'on ne le pensait. Peut-être que les sirens de la Meute ont repris le contrôle sur elle.

Il se lève et s'habille rapidement. Me rendant compte que je ne porte qu'un tee-shirt, je m'empresse de l'imiter. Si K2 a kidnappé l'équipe *M.I.A.O.U.*, nous devons fouiller les alentours.

Comment cela a-t-il pu se produire ? Je ne dors jamais si

profondément. Je ne « m'éteins » jamais de la sorte, je suis toujours consciente de mon environnement, même pendant mon sommeil. Sauf la nuit dernière. Je deviens arrogante. Merde. Ce n'est pas bon. Je me perds. Peut-être que sortir avec ces gars est une mauvaise idée. Ils me distraient de la personne que je suis censée être.

— Je vais parler avec mes chats, ils ont peut-être vu quelque chose, déclare Ryker en quittant la pièce.

Il siffle son appel aux chats.

— Demande-leur de rameuter les jumelles, crié-je.

Je suis sûre qu'il a chargé ses chats de les surveiller. J'ignore où elles sont quand elles ne sont pas avec nous, mais Ryker ne serait pas Ryker s'il ne les faisait pas suivre par ses espions.

Lennox ne se donne pas la peine d'enfiler plus qu'un bas de survêtement.

— Je vais m'occuper de monsieur Moon. Si K2 est dans la nature, il faut le prévenir aussi.

— Dis-lui de ne pas lui faire de mal, l'avertis-je.

— Oui, bien sûr.

En cet instant, je l'aime à la folie. Il ne remet pas en question ma volonté de protéger une femme qui est un danger pour toute cette ville. Il accepte simplement ma décision.

Je sais que c'est sans doute le bout du voyage pour K2. Si elle a des ennuis, je risque d'arriver trop tard pour la sauver. Si elle est en train de revenir à la Meute ou vers d'autres sirens, il nous sera difficile de la sortir de là. J'aurais aimé que nous ayons eu plus de temps pour la libérer de leur contrôle, mais avec tout ce qu'il se passait, y compris le stupide problème des loups, nous n'en avons pas eu l'opportunité. La culpabilité me brûle la gorge comme de l'acide. J'aurais dû donner la priorité à ma sœur plutôt qu'à une meute de loups inconnus. Oui, monsieur Moon m'a promis des informations sur mes autres sœurs, mais ce n'était peut-être qu'une ruse. K2 était juste là, avec moi, et pourtant, je l'ai ignorée.

Seigneur, je suis la pire des grandes sœurs.

Ryker et Lennox étant partis, je me tourne vers Gryphon.

— Tu aurais un moyen de la trouver ? Tu es lié à elle, mais je ne connais pas ces trucs de sirens, donc je n'ai aucune idée de…

Il me prend dans ses bras.

— Ne t'en fais pas. On va la retrouver.

— Pas besoin, s'écrie Ryker depuis l'extérieur. Je sais où elle est.

Nous suivons le chat, une petite bête aux pattes blanches et à l'air renfrogné perpétuel, à travers la périphérie de la ville où est située notre roulotte. Après nous avoir dit que ce n'était pas loin, elle a refusé d'en dire plus. Je ne l'aime pas. C'est sans doute la première fois de ma vie que je suis tentée de torturer l'une des miennes. Son silence me frustre au possible.

Ryker me tient la main et la serre de temps à autre, rassurant. Ma tension s'apaise chaque fois qu'il fait ce geste, avant de revenir, tout aussi écrasante, la seconde suivante.

Lennox est resté à la roulotte pour s'entretenir avec monsieur Moon, mais Gryphon est à mes côtés également. Même s'il ne me tient pas la main comme Ryker, il est tout près ; son épaule cogne la mienne à chaque pas. J'apprécie qu'il ne m'accable pas de son contact, tout en me montrant qu'il est toujours là pour moi. C'est du moins ainsi que je l'interprète. Peut-être que nos effleurements sont accidentels.

La chatte miaule quand nous atteignons une petite allée serpentant entre deux hauts immeubles. Ce n'est pas la plus jolie partie de la ville, mais pas la pire non plus. Un autre chat, un mâle cette fois-ci, bondit d'une poubelle métallique et nous accueille d'un miaulement. Il frotte son museau contre celui de la chatte. Leur amour est évident, même pour ceux ne parlant pas leur langage. Comme c'est mignon. Cela dit, je ne devrais pas me concentrer sur ça en cet instant.

— Où est-elle ? demandé-je, impatiente.

Le mâle se tourne vers moi. Ses moustaches sont d'un blanc pur, tandis que le reste de son corps est moucheté de toutes les couleurs. Comme si un artiste avait vidé ses fins de flacon sur le poil du chat. Magnifique dans son chaos.

Bien qu'il ne miaule pas, je perçois ses intentions. Il me demande de le suivre en silence. Je traduis à Gryphon, le seul du groupe incapable de communiquer avec les félins.

Il opine, sans s'étonner le moins du monde de recevoir ses ordres d'un chat. J'imagine qu'il est habitué, depuis le temps. Pour un type qui n'est pas métamorphe, il s'est remarquablement intégré. C'est peut-être un don de siren. Ils ont besoin de se fondre dans la masse pour pouvoir tirer les ficelles à distance. Voilà pourquoi personne ne connaît leur existence. Il peut s'agir de n'importe qui.

Nous empruntons la petite allée, où une vieille arche mène à la rivière. De l'herbe a poussé sur les briques rouges qui menacent de tomber à la prochaine tempête. Les deux chats s'immobilisent avant que nous ne franchissions l'arche, et le mâle tend la patte pour nous indiquer la scène devant nous.

J'inspire vivement. K2 est assise sur les berges de la rivière, son pantalon relevé jusqu'aux cuisses, les pieds dans l'eau. Bethany est à ses côtés et discute amicalement avec ma sœur. Qui ne devrait pas être capable de parler du tout. Ni d'avoir l'air si détendue. Lily est debout dans l'eau et rit quand de petites vagues atteignent ses jambes nues. Le seul qui manque, c'est Benjamin.

— C'est quoi ce bordel ? marmonne Gryphon à ma place.

C'est l'exact opposé de ce à quoi nous nous attendions. Je n'aurais jamais pu imaginer ça. Du tout. De loin, les trois filles semblent être les meilleures amies du monde, profitant du soleil au bord de la rivière, se rafraîchissant par une journée pas du tout chaude. Je ne serais même pas surprise de découvrir qu'elles ont apporté un pique-nique.

Le mâle miaule, et Ryker traduit.

— Elles sont là depuis près d'une heure. Les chats ont trouvé ça un peu étrange, mais ils ne voulaient pas nous déranger.

Il lève les yeux au ciel.

— Mieux vaut pas que tu saches comment ils appellent ce que nous faisions.

— Moi, j'aimerais savoir, réplique Gryphon.

Maintenant que nous savons que K2 et les autres sont en sécurité, ma tension disparaît. Je recommence à respirer. Et à rire.

Mon rire jaillit de ma bouche avant que je ne puisse le retenir. Je ris et ris, accrochée à mon ventre, les larmes aux yeux. Les garçons me dévisagent, d'abord perplexes, puis se joignent à mon hilarité hystérique. Je perçois la confusion des chats, ce qui me fait marrer encore plus. Ce doit être la situation la plus étrange dans laquelle je me suis trouvée.

K2 se tourne vers nous et nous fait un signe de la main. Un signe de la main, bordel.

Comme s'il s'agissait de la chose la plus naturelle du monde. Comme si elle ne m'avait pas suppliée de mettre fin à son existence deux jours plus tôt à peine. Je pense que mon cerveau s'est fait la malle. J'ai besoin d'un verre, ou d'herbe à chat, ou des deux.

Je m'avance vers les filles, lentement, craignant toujours de faire peur à ma sœur. Après tout, elle a failli me tuer, j'ai le droit d'être un peu hésitante en sa compagnie. Bethany se rend enfin compte de notre présence et se tourne vers nous pour m'adresser un sourire insolent.

— Désolée, nous voulions vous réveiller, mais vous sembliez avoir besoin de dormir.

— Vous étiez plutôt bruyants hier soir, commente Lily en marchant dans l'eau dans notre direction. Il me tarde d'avoir à nouveau une maison où je serai très loin de votre chambre.

J'ai fait du bruit ? Je ne m'en souviens pas. Tout est un peu confus. Beaucoup de caresses, de baisers et d'orgasmes.

— Désolé, s'excuse Ryker, à ma grande surprise. C'est encore nouveau pour moi, de faire ça en tant qu'humain. C'est tellement plus intense.

— Très bien, revenons à nos moutons, aboyé-je, pour qu'ils arrêtent tous de parler de ma vie sexuelle. Qu'est-ce que vous faites, merde ?

— Caitlin voulait visiter le coin, répond Bethany avec un sourire innocent. Puisqu'il fait beau, on a décidé d'aller à la rivière. Benjamin se sentait assez bien pour se rendre à la pharmacie tout seul. Il nous rejoindra peut-être plus tard.

— Nos. Moutons.

Je me retiens à grand-peine de leur hurler dessus. Pourquoi est-ce que personne ne me dit ce qu'il se passe ?

— C'était censé être une surprise, explique Lily en sortant de la rivière.

Elle s'assied dans l'herbe et se frotte les jambes ; sa peau est rouge vif, l'eau devait être glaciale.

— Nous avons résolu le problème hier soir, pendant que tu faisais ami-ami avec les loups du coin. Bethany voulait t'en parler, mais je trouvais plus amusant de te faire la surprise.

— Je vais te mettre en pièces et te fourrer dans des biscuits chinois, si tu ne me dis pas tout immédiatement, grogné-je. Comme ça, c'est toi qui seras une surprise pour toutes les personnes auxquelles je te filerai à manger.

Elle éclate de rire. Argh. Elle ne peut pas au moins faire semblant d'être effrayée ?

— Tu es adorable quand tu es en colère. Et si tu venais t'asseoir, pour qu'on puisse t'expliquer ?

— Oui, assieds-toi, m'encourage K2, qui n'a pas prononcé un mot jusque-là.

Je n'avais jamais entendu sa voix si détendue.

Il semble que ça va prendre un moment. Je m'affale au sol, croise les jambes et lance un regard assassin à Lily. Métaphorique, bien sûr. Je ne la tuerai pas tant que je n'aurai pas mes réponses.

— Dites. Le. Moi, demandé-je, les dents serrées, contrôlant ma colère à grand-peine.

Gryphon s'assied à côté de moi et pose la main sur ma cuisse. Si c'était censé me calmer, c'est raté. Ryker reste debout, avec à ses pieds les deux chats qui nous observent, amusés. J'imagine que la vie est bien plus simple pour eux.

Bethany pousse un soupir exagéré.

— Très bien. Hier soir, j'ai donné à Caitlin le sédatif habituel, mais je l'ai mélangé avec autre chose. Tu sais que j'essayais de reproduire la drogue qu'ils vous ont injectée ? Eh bien, comme tu as rapporté des échantillons du laboratoire, je les ai comparés avec mes piètres tentatives. Ne pas avoir ma propre installation ne m'a pas rendu la tâche facile, mais je pense que le fait que j'aie réussi à synthétiser une version de ce produit témoigne de l'étendue de mon talent.

— Une version ? la questionne Gryphon. Pourquoi est-ce que tu veux produire davantage de ce truc-là ?

— Je n'ai pas créé la même chose, se corrige Bethany. J'ai fait l'opposé.

— Un antidote ?

— Non, un antidote stopperait et inverserait les effets de la drogue. J'ai conçu quelque chose qui fait l'exact opposé. Si la substance d'origine vous sépare de votre félin, ma version augmente au contraire ce lien. Pourquoi, me demandez-vous ? Parce que je suis un génie.

Je lève les yeux au ciel.

— Un peu moins d'autosatisfaction, je te prie.

— Tu es agaçante. Je suis partie de la théorie que Caitlin pouvait être si facilement contrôlée par les sirens parce qu'ils ont accru sa facette humaine. Les sirens ont bien plus de mal à maîtriser les métamorphes, n'est-ce pas, Gryphon ?

Il opine.

— C'est faisable, mais seulement pour les plus puissants. Je ne peux influencer Kat que dans une certaine mesure. Je peux la conduire dans une direction, mais si j'essaie de lui faire faire quelque chose contre lequel elle s'oppose, ça ne marchera pas. Je ne pourrais pas pousser un métamorphe à faire du mal, à lui ou aux autres, comme je pourrais le faire à un humain.

— Je comptais justement sur ça, s'écrie Bethany en jubilant. En lui donnant ma nouvelle potion, je l'ai rendue moins humaine. Je ne pense pas pouvoir inverser un jour la séparation qu'ils ont causée, mais ça semble avoir suffi à leur enlever leur contrôle. Quand Caitlin s'est réveillée, elle m'a parlé. Lentement, d'abord. Ensuite, elle a réussi à lutter contre l'emprise des sirens et à rester elle-même.

— C'est plus facile maintenant, confirme K2. Je sens toujours leur présence, au fond de mon esprit, mais c'est faible. Je compte bien en profiter, même si ça ne doit pas durer.

Elle reporte son attention sur l'eau et agite les pieds dedans. Je me demande si elle l'a déjà fait auparavant ; s'asseoir au bord d'une rivière avec insouciance et sans obligations. Librement.

— Et le prénom, alors, il vient d'où ? la questionné-je gentiment.

— Tu m'as demandé si j'en avais un. Après avoir discuté avec toi, je suis restée en grande partie consciente. Je n'étais pas aussi « éteinte » qu'auparavant. J'étais capable de penser. Donc, j'ai décidé que je voulais un prénom. Lorsque Bethany m'a réveillée, je savais lequel.

— Il est joli.

Je ne lui parle pas de l'autre Caitlin que j'ai connue, la fille qui travaillait à la confiserie de M. Kindler. Qui était responsable de la mort d'enfants métamorphes. Qui a été tuée par Gryphon. Mieux vaut laisser K2 partir de zéro.

Je me tourne vers Lily et Bethany, renfrognée.

— Avez-vous la moindre idée de l'inquiétude que nous avons ressentie en découvrant que vous n'étiez pas à la maison ? On croyait qu'il vous était arrivé quelque chose. Que vous aviez été kidnappés ou je ne sais quoi.

— Arrête de te comporter comme ma mère, s'agace Lily. C'était une surprise.

— Tu pensais que je les avais enlevés, déclare tranquillement Caitlin sans me regarder. Et je comprends. Je veux que tu saches que je ne suis plus K2. J'ai repris ma vie en main. Je ne sais pas si ça va durer, mais je refuse de vivre encore dans l'ombre de K2. Elle a fait d'horribles choses, pas moi.

— On a de la compagnie, annonce tout à coup Ryker.

Je renifle. Oh, non. Les ennuis arrivent. En double.

CHAPITRE 19

Les jumelles ne sont pas ravies. Elles dévisagent Caitlin comme s'il allait lui pousser une seconde tête qui lui permettrait de les dévorer toutes les deux en même temps. Elles ne lui font pas confiance, c'est évident.

— Elle devrait être enfermée ! me hurle Quatre. Pas se déplacer toute seule, libre de tuer qui elle veut.

Je lève les mains pour tenter de la calmer.

— Il n'y a aucun danger ici. Regarde-la. Regarde-la au fond des yeux. Elle n'est plus contrôlée par la Meute. C'est la véritable Caitlin, maintenant.

— Caitlin ? crache Quatre. Elle s'est donné un nom. Ça ne l'empêche pas pour autant d'être un monstre. Elle se joue de toi, et tu ne t'en rends même pas compte, parce que tu essaies de voir le bien partout. Réveille-toi, Kat. Elle n'est pas celle qu'elle prétend être. Les sirens la contrôlent toujours.

— Je sais que vous avez peur, dit Caitlin gentiment, nous faisant tous sursauter. Mais ce n'est pas nécessaire. Je suis désolée de ce que K2 vous a fait. Je suis désolée de lui ressembler. Mais je ne m'excuserai pas d'être moi. D'être en vie.

Cela devient de plus en plus perturbant.

Ivy prend la parole.

— Tu te souviens de m'avoir fait du mal ?

Caitlin écarquille les yeux alors qu'elle observe sa sœur.

— Seulement des fragments. Chaque fois qu'ils me faisaient faire de mauvaises choses, je tentais de m'en cacher. Tant de souvenirs horribles… J'aurais fait n'importe quoi pour arrêter ça. Mon corps bougeait sans que je le contrôle. Tu dois me croire, je n'ai jamais voulu te faire du mal. Surtout après que j'ai découvert qui tu étais. Ils me l'ont dit, après coup. Cela les amusait de m'apprendre que j'avais failli tuer ma propre sœur.

— Ils l'ont qualifiée de « soeur » ? demande Gryphon.

Elle fronce les sourcils, perplexe.

— Non, de clone. Ils nous appelaient toutes des clones.

Il lui sourit.

— Et pourtant, tu as décidé de les considérer comme des sœurs.

Il se tourne vers les jumelles.

— La preuve se trouve dans les petits détails. Elle ne vous verrait pas comme ses sœurs si elle comptait vous faire du mal. Cela n'aurait aucun sens. Elle tenterait de se distancer de vous afin de ne pas culpabiliser. En plus, si ça peut vous rassurer, je ne perçois plus l'influence siren sur elle. La dernière fois, je sentais à peine son esprit, parce qu'ils luttaient pour m'empêcher d'y arriver, mais cette fois-ci, c'est différent.

— Essaie de lui faire faire quelque chose, alors, rétorque sèchement Quatre. Prouve-nous qu'elle n'est plus sous ton influence ou celle de n'importe quel siren.

Gryphon en perd le sourire.

— Ce serait contraire à toutes les règles que je m'impose.

— Fais-le, s'il te plaît, le prie doucement Caitlin. Si ça peut les aider à comprendre. Juste… ne me fais pas tuer quelqu'un.

Il soupire.

— Très bien. Et promis.

Il se met à chantonner, la même mélodie basse que je l'ai

déjà entendu entonner. Il ne s'agit ni d'un de ses chants guerriers ni de celui tendre et intense dont il s'est servi sur moi. C'est simple, mais élégant. Je me laisse envahir par la musique, me sentant soudain plus légère. Caitlin se lève et se dresse sur la pointe des pieds. Je fronce les sourcils et lance un regard interrogateur à Gryphon, qui me répond d'un sourire et continue à chanter.

Caitlin se met à danser. Ouah. Elle virevolte avec la grâce du vent, donnant presque l'impression de flotter sur l'herbe. Elle tourne, bondit et fait des pirouettes et toutes sortes de mouvements dont j'ignore les noms. Le plus beau dans cette scène, c'est son sourire. J'ai rarement vu quelqu'un d'aussi heureux. C'est un bonheur profond, au cœur de son âme, qui transcende tout le reste.

Je jette un regard aux jumelles. Elles dévisagent notre sœur, bouche bée, les yeux écarquillés. Deux copies conformes.

La mélopée de Gryphon change légèrement, et tout à coup, les bras de Quatre tremblent, puis s'élèvent au-dessus de sa tête ; ses mains se rejoignent, formant un arc élégant. Elle se met à virevolter à son tour, s'éloignant de sa jumelle pour se rapprocher de Caitlin.

D'accord, je ne sais pas du tout ce qu'il se passe ici. Que fait Gryphon ?

Ivy n'a pas bougé, mais un sourire étire ses lèvres alors qu'elle observe ses sœurs.

— Si elles peuvent faire ça, toi aussi ? murmure Ryker.

— Ne t'avise pas d'aller au bout de cette idée, sifflé-je. Je ne vais pas danser.

Il agite les sourcils de cette manière si séduisante. Quel vilain garçon. Il sait que j'ai du mal à lui résister quand il fait ça.

— Juste en théorie. Tu saurais le faire ?

— Pas même en théorie. Cette conversation est terminée.

Je me détourne de lui malgré les jolis haussements de sourcils. Son charme s'arrête là, je ne me déhancherai pas pour lui. Je ne saurais même pas comment faire, à moins que mes compétences de combat comptent comme des mouvements de danse. J'imagine que je peux exécuter une danse mortelle, mais il me faut pour ça mes couteaux et une victime à tuer à la fin. Danser n'est pas marrant sans un peu de sang.

La mélodie de Gryphon ralentit, à l'instar des mouvements de mes sœurs. Lorsque la dernière note s'échappe de ses lèvres, elles sont l'une en face de l'autre et respirent fort. Quatre a les yeux fermés ; elle les ouvre doucement et cligne des paupières face à la lumière du jour. Caitlin et elle se dévisagent. J'aurais aimé pouvoir lire dans leurs pensées.

Elles partagent une conversation silencieuse, puis Quatre penche la tête.

— Salut, sœurette.

Caitlin sourit.

— Salut.

J'ai l'impression que mon cœur va exploser sous cet étrange sentiment envahissant. J'adore ces filles. Non, ce n'est pas le bon mot, mais je n'utiliserai pas l'autre. Pas encore. Je ne veux pas m'engager. Oui, ce sont mes sœurs, or ce n'est pas parce que nous partageons les mêmes gènes que nous devons nous ai… adorer. Mon objectif pour l'instant, c'est que nous ne nous entretuions pas. Ça me paraît un bon début.

— Explique-nous ce qu'il vient de se passer, ordonne Ryker à Gryphon. Je croyais que tu n'étais pas censé les contrôler ?

Le siren sourit.

— Je ne l'ai pas fait. Je les ai juste incitées à quelque chose.

— Attends, tu ne les as pas obligées à faire ça ?

— Je leur ai fait une suggestion. Elles auraient pu la combattre sans peine, mais elles ont accepté de suivre cet « ordre ». Sans doute parce que je ne leur demandais rien de mal. Je les ai surprises.

— Elles savaient déjà danser ? lui demandé-je. Ou bien c'est toi qui le leur as montré ?

— Ma sœur prenait des cours. Je devais parfois l'accompagner quand la babysitter était malade.

Il devient grave.

— Je n'avais pas réalisé à cette époque, mais maintenant, je sais d'où venaient les bleus sur son visage. Mon père n'a jamais aimé la babysitter, alors que ma mère si, voilà pourquoi elle est restée. Elle était cependant souvent malade.

Le père de Gryphon a l'air d'un vrai connard. Je vais adorer le mettre au tapis. Bien qu'il ne soit pas tout en haut de ma liste de priorités, un jour, je parcourrai cette liste et m'occuperai de toutes les personnes ayant fait du mal à ma famille et mes compagnons.

Ivy s'approche de nous, tout sourire.

— Merci. Je n'avais jamais vu Quatre si détendue. Je pense qu'elle en avait besoin.

Gryphon le lui rend.

— Elle n'a quasiment pas eu besoin d'encouragement, comme si elle ne cherchait qu'une excuse pour lâcher prise. Toi, par contre, tu m'as résisté. Pourquoi ?

Elle hausse les épaules.

— Je n'ai pas grandi dans le même environnement que Quatre.

Cela n'explique rien du tout, mais je ne vais pas l'obliger à continuer. Nous avons tous nos secrets, notre propre passé.

Le chat mâle vient se frotter aux jambes de Gryphon en miaulant fort.

Ryker éclate de rire.

— Il voudrait que tu lui apprennes à danser. Je crois que tu t'es trouvé un nouveau boulot.

Gryphon fixe le chat. Puis il fredonne une mélodie joyeuse. Et le chat se met à danser.

CHAPITRE 20

ennox et monsieur Moon nous attendent dans le salon de la roulotte. D'un côté, j'avais espéré que les loups seraient partis à notre retour, et d'un autre, j'ai besoin de l'information promise. Mes sœurs sont restées près de la rivière, en compagnie de certains chats qui veillent à ce qu'elles n'aient pas d'ennuis. Ryker s'est plaint que nous ne nous servions plus seulement de ses amis comme espions, mais aussi comme babysitter, cependant je sais qu'il adore voir sa famille féline mêlée à notre vie. Depuis qu'il a appris à se transformer, il ne passe plus autant de temps qu'avant avec eux. Il doit se sentir coupable. Je dois discuter avec lui de ce que nous ferons des chats après le déménagement.

— Tout va bien ? demande Lennox.

Comme j'ignore ce que monsieur Moon sait de la situation, j'opine.

— Tout est sous contrôle. Et ici ?

Monsieur Moon vide sa tasse. Lennox leur a préparé du thé, bien qu'une odeur distincte de whisky se dégage de celui du vieux loup. Thé et whisky ? Ce n'est pas le mélange que j'aurais choisi, mais chacun ses goûts.

— Je suis content de vous revoir, je m'apprêtais à partir.

— Avez-vous progressé avec votre problème de loup ? demandé-je.

— Pas encore. D'après des informations que j'ai reçues, l'Hypnotisse aurait quitté la ville et agirait ailleurs. Ce qui expliquerait que nous n'ayons pas croisé ses mutants auparavant. J'ai mis mes meilleurs hommes sur le coup, alors, avec un peu de chance, nous découvrirons très vite où elle se cache. À ce moment-là, voudriez-vous vous joindre à nous pour la combattre ?

Je lui adresse un sourire que j'espère évasif.

— Tenez-nous au courant lorsque vous aurez plus d'informations. Pour le moment cependant, je pense qu'il est temps que vous respectiez votre part du marché.

Il acquiesce, la mine grave.

— Avez-vous de quoi noter ?

Ryker lui tend un papier et un crayon. Monsieur Moon griffonne quelques mots. Une adresse.

— C'est l'endroit où vous les trouverez. Et je suis désolé.

Je me raidis.

— Désolé pour quoi ?

— Je suis désolé, répète-t-il en se levant. Pour votre perte.

L'adresse correspond à un entrepôt au nord de la ville. Nous l'atteignons en un temps record, même si nous l'avons contourné pour éviter de nous faire repérer. Je me suis transformée dès que monsieur Moon a fait cette déclaration, imitée par Lennox et Ryker. Nous avons laissé Gryphon à la roulotte, mais je suis sûre qu'il comprend que je ne pouvais pas attendre. Il nous ralentirait ; or, j'ai besoin de savoir ce qu'il est arrivé à mes sœurs.

Des cailloux crissent sous mes pattes alors que je

m'approche de l'entrepôt. C'est un bâtiment à l'allure plutôt moderne, même s'il semble abandonné.

— Est-ce que tu sens quelque chose ? demandé-je à Ryker.

— Non, je pense qu'il n'y a personne. Ils sont peut-être partis quand les dirigeants de la Meute ont été tués. Mes chats m'ont dit que la Meute se dissolvait et que leur tanière était presque vide.

Apprendre que nous avons finalement réussi à détruire la Meute aurait dû me réjouir, mais j'ai un mauvais pressentiment. Les paroles de monsieur Moon résonnent dans mon esprit. *Je suis désolé.*

Aucun signe de vie. Ce qui signifie que ce bâtiment contient soit uniquement des preuves de la localisation de mes sœurs, soit… Non, je n'irai pas au bout de cette pensée. Je dois me concentrer sur le présent. Un pas à la fois.

L'entrepôt possède deux grandes portes permettant d'y faire passer un chariot, et une plus petite sur le côté. J'appuie sur la poignée avec ma grosse patte. Elle est verrouillée.

J'échange un regard avec Lennox qui, sans un mot, se retransforme. C'est logique ; si je peux communiquer avec Ryker sous forme animale, il n'en va pas de même avec le loup. Maintenant qu'il est humain, nous pourrons comprendre ses paroles.

Il lui faut une éternité pour forcer la serrure. Je me retiens de lui hurler de se dépêcher. Je sais qu'il fait de son mieux. C'est juste difficile de rester patiente.

Enfin, la porte s'ouvre avec un cliquetis. Je me précipite à l'intérieur, dépassant Lennox et Ryker. L'entrepôt est constitué d'une vaste aire avec un petit bureau dans un coin, séparé du reste de l'espace par de grandes fenêtres. Les étagères de la pièce sont vides, de même que la table de travail. De la poussière luit sous la lumière du jour transmise par les fenêtres du toit.

De vieilles caisses de bois sont empilées au fond de

l'entrepôt ; certaines donnent l'impression d'être à deux doigts de s'effondrer. Je doute qu'ils stockent quoi que ce soit de valeur ici. Sans doute des choses qu'ils ne voulaient pas s'embêter à transférer. En face de là sont placés d'étranges casiers métalliques aux portes carrées. C'est tout ce qu'il reste de cette aire vide. Aucun panneau, personne, et encore moins mes sœurs.

L'information de monsieur Moon doit être obsolète. La piste s'est refroidie.

Déçue, je me dirige vers le petit bureau et me transforme. Je m'étire, les bras, le dos, avant de fouiller les tiroirs avec optimisme, pour le cas où ils auraient oublié des documents importants qui m'indiqueraient où se trouvent mes sœurs. Je sais que je me berce d'illusions, mais je refuse de renoncer à tout espoir.

Les gars explorent le reste de l'entrepôt. Ryker s'est transformé lui aussi et vide les caisses en bois, posant leur contenu sur le sol. Des batteries, des conserves, du papier blanc, d'étranges outils. Lennox, lui, inspecte les casiers métalliques.

Je me détourne. Ils m'appelleront s'ils découvrent quelque chose méritant mon attention.

Des agrafes et des épingles. C'est tout ce que je trouve dans les tiroirs. Bien que la poubelle n'ait pas été vidée, elle ne contient rien de plus intéressant que des quittances de loyer et des factures d'électricité. Rien d'utile. Frustrée, je donne un coup de pied dans le bureau.

Cela ne sert à rien. La piste s'est refroidie et nous sommes de retour au point de départ.

— Kat !

La voix de Lennox est étrange. Détachée. Sans émotion.

Je le rejoins lentement. L'appréhension qui me noue le ventre resserre sa poigne. Il ouvre l'un des casiers métalliques, les épaules basses, l'air grave.

Au fond de moi, je sais déjà ce qu'il s'apprête à dire.

Ryker m'intercepte avant que je n'atteigne le loup et me prend dans ses bras. Son corps forme une barrière que je ne peux accepter. Je me débats contre sa poigne, mais il me retient, ignorant mes tentatives.

— Je suis désolé, souffle-t-il.

Je m'accroche à lui d'une main et le griffe de l'autre. J'ai besoin de voir. Besoin de savoir.

Lennox referme le casier, toutefois son geste remue l'air, charriant l'odeur que je craignais de percevoir. Si familière. Même dans la mort, elles sentent comme moi.

Le loup nous rejoint et m'enlace par-derrière. Je suis coincée entre deux corps chauds, et pourtant, je me sens si froide.

— Toutes les deux ? demandé-je d'une voix qui se brise.

— Oui. Je suis désolé.

Le souffle de Lennox est chaud contre ma nuque.

Une étrange torpeur m'envahit. Mon corps n'est pas le seul à être froid. Mon esprit aussi. Mon cerveau devient apathique.

— Respire, Kat.

Je ne le fais pas. Je crie.

* * * * * *

Ils ne cessent jamais de m'étreindre. Même quand je m'écroule au sol, incapable de rester debout. Même quand je m'agite d'avant en arrière. Ils me caressent le dos, les cheveux, me murmurent des paroles qui ne m'atteignent pas. Je suis vide à l'intérieur. Quelque chose m'a été arraché, une chose précieuse que je ne retrouverai jamais.

Gryphon nous rejoint. Il chante pour moi, mais cette fois-ci, sa mélopée n'a aucun effet. Elle n'est qu'une mélodie, tout aussi creuse que moi.

— Je dois les voir.

Je l'ai déjà dit tout à l'heure.

— Non, souffle Lennox.

Comme il l'a déjà fait tout à l'heure, lui aussi.

Sous l'effet de la douleur, nous tournons en rond. J'ai envie de pleurer, mais j'en suis incapable. Aucune larme n'atteint mes yeux. Ma poitrine me brûle. Mon cœur se brise, morceau par morceau. Neuf. Neuf versions de moi. Quatre mortes. Quatre retrouvées. Une très loin.

Un chat se blottit contre mes jambes. Noir, avec des rayures dorées sur le dessus de la tête. Shara. La copine de Mila, tuée par la Meute. Comme mes sœurs.

Je tends les doigts pour les passer dans sa douce fourrure. Elle comprend ma souffrance. Elle miaule tout bas et frotte sa tête contre ma main. *Je sais.* J'entends presque sa voix dans ma tête. *Je le sens, moi aussi.*

C'est ce qui me fait craquer. Enfin, les larmes montent. Humides et salées, chaudes et douloureuses.

Les garçons me serrent encore plus fort. Un geignement franchit mes lèvres. Puis un autre.

— Tout va bien, laisse-toi aller, souffle Ryker. Nous sommes là.

D'autres larmes. Elles dévalent mon visage et inondent mon tee-shirt, créant un dessin humide. Généralement, c'est le sang qui fait ça. Est-ce que mes sœurs ont saigné ? Souffert ?

— Comment ? demandé-je, m'étouffant sur cette question.

Lennox me caresse les cheveux.

— Elles n'ont pas de blessures, elles ont l'air en paix, comme si elles dormaient.

Sa voix se brise.

— Nous devons les ramener à la maison. Dans un endroit chaud. Il fait trop froid ici.

— Bien sûr. Nous leur offrirons un véritable enterrement, me promet Lennox. Rentre à la maison d'abord.

Je secoue la tête.

— Je ne peux pas. Je dois les voir.

— Non.

— Il a raison, intervient tout bas Ryker. Ça ne t'aidera pas.

Le sanglot qui franchit mes lèvres est comme une vague de glace. Je ne peux pas faire ça. Je ne peux pas rester assise ici, entourée par mes hommes, tandis qu'elles sont là-bas, seules et enfermées dans un casier froid.

Je repousse les garçons de toutes mes forces et me relève tant bien que mal.

Je dois voir.

CHAPITRE 21

*D*eux semaines plus tard

Mini-Kat pousse un petit cri de plaisir quand tante Rose pose le gâteau devant elle. Sept bougies, avec, au milieu, de minuscules roses à la crème. Je suis très tentée de les rafler toutes d'un coup. Il me tarde de commencer à manger. Dépêche-toi.

Ma petite sœur prend une grande inspiration et souffle les bougies. Chacune d'elles vacille, luttant pour rester allumée, en vain. Mini-Kat fait un immense sourire et balaie la fumée avec ses mains.

— Joyeux anniversaire, lui souhaite tante Rose. Plein de fins heureuses.

— Joyeux anniversaire, répété-je, imitée par les autres.

C'est la première fois que nous sommes toutes rassemblées. Caitlin, les jumelles, Mini-Kat et moi. Cinq sœurs, enfin réunies. Derrière moi se trouvent les garçons, qui nous observent d'un air amusé, tandis que Lily, Bethany et Benjamin s'occupent du barbecue à l'extérieur.

La sœur de Gryphon est dans la cuisine avec son copain. Adorables tous les deux, ils préfèrent rester entre eux. Les jeunes amours, tout ça. Je vais cependant devoir avoir une petite conversation avec eux plus tard. Mini-Kat m'a dit que des sons étranges provenaient de leur chambre la nuit et qu'elle comptait mener l'enquête. J'ai failli en recracher mon punch. Mini-Kat n'a peut-être pas eu la meilleure des enfances, toutefois je vais faire tout mon possible pour préserver son innocence au maximum.

Elle coupe fièrement le gâteau en parts énormes – n'écoutant pas les conseils de tante Rose – et se prend la plus grosse. Bien joué. Elle n'est plus aussi famélique que lorsque nous l'avons retrouvée et a même grandi un peu. Ses cheveux sont désormais brillants, tout comme sa peau. Je ne pourrais jamais assez remercier la tante de Gryphon pour ce qu'elle a fait pour ma petite sœur.

Mini-Kat est assez jeune pour avoir un avenir. Elle a commencé l'école, et bien qu'elle ait encore des soucis pour côtoyer les autres enfants, je suis sûre qu'elle surmontera ses difficultés un jour. La seule chose qui n'a pas changé, c'est son prénom. Rose m'a dit que les enfants de l'école l'appelaient MK, ce qui n'est pas trop mal, j'imagine. Peut-être qu'elle se trouvera un prénom un jour, comme Caitlin.

La plus âgée de mes sœurs cadettes se tient un peu à l'écart et observe la scène en souriant. Je prends deux parts de gâteau sur des assiettes et me dirige vers elle pour lui en tendre une.

— Merci. Il a l'air délicieux.

— Crois-moi, tout ce que prépare tante Rose est extraordinaire, lui dis-je, me souvenant de la glace maison qu'elle nous a servie lors de notre première rencontre. Mini-Kat ne cesse de vanter ses pancakes. J'espère qu'il y en aura au dessert aujourd'hui.

— Je n'ai jamais mangé de pancakes.

Cette simple déclaration assombrit mon humeur. Elle a

seize ans et n'a jamais mangé de pancakes. De toute sa vie. Comme je déteste la Meute. Ils ne m'en ont jamais servi non plus, mais j'avais au moins la liberté d'aller dans les stands de rue et d'en prendre là-bas. Avec Lennox, nous nous faufilions en douce hors du complexe et volions ou achetions des friandises avec les rares pièces que nous parvenions à économiser. Bien sûr, nos officiers de la Meute nous auraient battus comme plâtre s'ils avaient découvert que nous ne leur donnions pas tout notre argent, mais cela en valait la peine. Je salive au souvenir des petits pains chauds à la cannelle que nous avons un jour dérobés en grimpant à la fenêtre d'une boulangerie. Cela valait totalement le coup de nous faire ensuite pourchasser par le boulanger hurlant et nous maudissant.

— Si on ne nous en sert pas aujourd'hui, je t'en préparerai, lui assuré-je. Ou, mieux encore, nous irons dans un café et en commanderons. Je risque de mettre le feu à la cuisine si j'essaie d'en faire.

Elle rit tout bas.

— J'ai entendu dire que ce ne serait pas la première fois.

— Hé, ce n'était pas entièrement ma faute. Enfin, peut-être que si, mais il faudrait vraiment que les gens arrêtent de bavasser sur mes talents de cuisinière.

— Ou ton absence de talent, plus exactement, s'en mêle Lily en rentrant dans la maison, sentant la fumée. Comment est le gâteau ?

Avant que je n'aie pu lui dire que je n'ai même pas encore eu l'occasion d'y goûter, elle me pique ma fourchette.

— Délicieux, commente-t-elle en gémissant. Il faudra qu'on revienne. Ou qu'on engage tante Rose comme cuisinière officielle de *M.I.A.O.U.* Je suis prête à donner dix pour cent de mon salaire pour son embauche.

Je ricane.

— Quelle générosité. Mais Rose préférera peut-être rester

ici. Elle vit avec ses filles et la sœur de Gryphon. Et Mini-Kat, bien sûr.

Je regarde le plus jeune membre de notre famille qui mastique bruyamment son gâteau, le visage recouvert de glaçage. Elle est si adorable que je me retiens à grand-peine de traverser la pièce pour lui donner un long et gros câlin. Ce ne sera pas facile de la laisser ici. Qui sait quand nous pourrons revenir la voir ?

— Tu le lui as dit ? me demande Lily.

— Non, mais Rose est au courant. Elle veut bien garder Mini-Kat. En fait, elle m'a même menacée d'utiliser ses pouvoirs de siren sur moi si par hasard j'avais la moindre intention de lui retirer la fillette.

Ce souvenir me fait rire.

— Elle est formidable. Je pense que Mini-Kat sera en sécurité ici, maintenant que la Meute est dissoute.

Les chats de Ryker ont passé la ville au peigne fin à la recherche des derniers métamorphes, mais ils n'en ont trouvé aucun. Les membres de la Meute que nous n'avons pas tués sont partis. Nous avons mis le feu à leur tanière après nous être assurés qu'il n'y restait plus personne. Lennox nous a dit que monsieur Moon a sauvé plusieurs jeunes métamorphes et les a accueillis. Ils feront désormais partie de la Troupe. Nous devrons garder un œil sur monsieur Moon. Je ne voudrais pas que sa Troupe se transforme en nouvelle Meute. Lennox a beau lui faire confiance, pas moi, même pas un peu.

Quand il m'a révélé qu'il savait où trouver K9 et K10, il était au courant de leur mort, mais n'en a jamais dit un mot. Il m'a piégée, et je le déteste pour ça.

Nous avons fait nos adieux à mes deux plus jeunes sœurs la semaine dernière. Après quelques délibérations, nous leur avons offert une crémation traditionnelle dans la rivière. Les chats n'enterrent pas leurs morts et, au sein de la Meute, les corps disparaissaient sans jamais réapparaître. Les sirens ont un étrange rituel qui nécessite la présence de dix membres de leur espèce, donc nous ne pouvions pas faire ça non plus. Finalement, nous avons fait comme les humains.

C'était beau, d'une certaine façon. Nous les avons allongées dans de petits bateaux recouverts de fleurs de flamboyant. Leurs corps étaient emballés dans un tissu coloré – non, mes hommes ne m'ont toujours pas permis de les voir. Bien qu'il m'ait été difficile de me retenir, et que je regrette presque de ne pas l'avoir fait, je sais en même temps qu'elles hanteraient encore plus mes cauchemars si j'avais vu leurs visages.

Lorsque les embarcations ont atteint le milieu de la rivière, j'ai lancé des flèches enflammées vers elles, mettant le feu aux fleurs de flamboyant. Des flammes dorées ont englouti les bateaux, s'élevant haut dans le ciel, telles les plumes d'un oiseau.

Si les autres sont partis dès que les bateaux ont disparu au creux des vagues, mes sœurs et moi sommes restées longtemps à regarder l'eau. Caitlin, Ivy, Quatre et moi. Après la scène étrange de la danse, les jumelles ont décidé de faire confiance à leur sœur aînée. Elle continue à prendre chaque jour la potion de Bethany, par précaution, et Gryphon surveille sa vulnérabilité aux influences siren. J'imagine que nous ne serons jamais sûrs à cent pour cent qu'elle ne retombera pas sous leur joug un jour ; malgré tout, je serais surprise. Caitlin est forte, même si elle parle doucement et est un peu timide. La personnalité d'assassin qu'elle avait été contrainte d'endosser n'a rien à voir avec sa véritable nature, qui apparaît sous les années de torture et de conditionnement. Elle est belle, au fond d'elle. Tellement plus innocente que les jumelles ou moi. Je ne sais pas comment elle a réussi ce prodige, mais je l'envie, d'une certaine manière. Avec un peu d'aide, elle pourra entamer une nouvelle vie dépourvue de violence.

Les jumelles, c'est tout l'inverse. Elles ont soif d'action et de vengeance. Elles souhaitent intégrer *M.I.A.O.U.*, mais j'hésite. Elles sont trop jeunes pour devenir assassins. Je veux qu'elles aillent à l'école, aient une enfance, apprennent à s'amuser. Elles n'en seront pas capables, si elles ne fréquentent que moi.

— J'ai décidé de partir avec vous, annonce Caitlin, comme si elle avait lu dans mes pensées. Je ne veux pas rester dans cette ville. Trop de mauvais souvenirs, même s'ils sont tous liés pour la plupart à un seul bâtiment. J'ai envie d'être avec vous, de vous aider à trouver une nouvelle maison, et ensuite, je verrai si je veux m'attarder un peu plus ou voyager. J'ai envie de découvrir le monde.

Je lui serre la main, ce qui va totalement à l'encontre de ma façon habituelle de gérer les sentiments. Toutefois, je ne l'enlace pas. Je n'ai pas changé tant que ça.

— Tu es la bienvenue aussi longtemps que tu le souhaites.

— Merci.

Elle m'adresse un sourire sincère.

— Je suis contente que tu m'aies trouvée. Et que tu ne m'aies pas tuée.

— Oui, moi aussi, répliqué-je en riant. Et je suis contente que tu ne m'aies pas tuée, toi non plus.

— Nous formons une famille étrange, à nous remercier de ne pas nous être entretuées. Je me demande si les autres gens ont ce type de conversation.

Lily ricane.

— Pas dans ma famille, et pourtant, ils sont timbrés. Nous nous disputons de temps à autre, mais rien qui n'implique des armes.

Je la dévisage, bouche bée.

— Même pas une petite lame ? Genre, un couteau de cuisine ?

— Non.

— Du poison ?

Elle secoue la tête.

— Alors comment vous amusez-vous ?

Elle soupire.

— Kat, tu as encore beaucoup à apprendre. Je vais te montrer les plaisirs d'une sortie entre filles à jouer au bingo de la séduction.

— Qu'est-ce que c'est ? demande Caitlin, curieuse.

— Tu fais la liste des personnes que tu veux séduire, par exemple un type très poilu, un mec portant des chaussures vertes, quelqu'un de ta taille exacte, etc. Puis tu as un soir pour cocher autant de cases que possible.

Caitlin écarquille les yeux. Elle est si adorable et innocente.

— Tu couches avec tous ?

Lily hausse les épaules.

— Si tu veux, mais ce n'est pas obligatoire. La véritable séduction n'a rien à voir avec le sexe.

— Arrête de parler de relations sexuelles avec ma petite sœur, grogné-je. Je vais déjà devoir en parler avec la sœur de Gryphon.

— Tu veux avoir des relations sexuelles avec la sœur de Gryphon ? se marre Lily tout haut.

Argh. La famille est une telle plaie, parfois.

Je suis amoureuse de tante Rose. J'éprouve pour elle un amour véritable, brûlant et passionné.

Sa salade de pommes de terre est un délice, alors que je ne suis même pas fan de pommes de terre.

— Tu es géniale, lui dis-je en mâchant un morceau de bacon.

Oui, elle en met dans sa salade. Ai-je dit que je l'aimais ?

— Les gens me le disent sans arrêt, répond-elle avec un sourire comblé. C'est pour ça que mes filles continuent à venir dîner, même si elles sont adultes. Cela dit, l'une d'elles vient d'emménager à Attenburgh, alors elle ne reviendra pas avant un moment.

Attenburgh. L'endroit où K7 est retenue. La seule de mes

sœurs qui a encore besoin d'être sauvée. Nous en sommes désormais certains. Nous avons épluché la majeure partie des documents du laboratoire détaillant le projet Indigo. Seuls neuf clones ont survécu au-delà de cinq ans. Parmi les neuf, six d'entre nous sont toujours en vie.

— C'est une jolie ville ? demandé-je innocemment.

— Oh, oui. J'y ai vécu quelques années à la fin de mes études. C'est là que j'ai rencontré mon mari, à vrai dire.

Son sourire s'efface, mais elle continue.

— C'est une ville plus riche que celle-ci. Beaucoup de jolies maisons, des gens joliment vêtus. Des secrets pas si jolis que ça. Attenburgh est l'endroit parfait pour les commérages, si tu aimes ça. Tous les ans, les sirens de la haute société s'y retrouvent pour leur bal de charité annuel. Non pas que l'argent soit véritablement reversé à une œuvre de charité, mais la personne qui a créé le nom l'a trouvé sympa. Bien mieux que « bal où tout le monde se saoule et se comporte mal ». Je n'ai jamais aimé ce genre d'événements, mais la ville est charmante. Entourée par trois rivières, qui séparent les zones les plus riches des quartiers pauvres en dehors.

— Donc j'imagine que le prix des maisons est élevé ?

Elle éclate de rire.

— Tu t'intéresses au marché immobilier ?

— On peut dire ça.

— Eh bien, oui, elles sont chères. Tu pourras sans doute te payer un petit appartement là-bas pour le prix d'une maison ici. Tu as de la chance, cela dit. Devine où travaille ma fille ?

Je hausse les épaules. Je ne sais rien de sa progéniture.

— Dans une morgue ?

— Chez un agent immobilier. Je donnerai son adresse à Gryphon. Je suis sûre qu'elle pourra vous aider à trouver un endroit pas trop cher.

J'opine de la tête pour la remercier et grignote un bout de saucisse en méditant. Je comptais me rendre à Attenburgh pour

K7 de toute façon, mais maintenant que j'ai découvert que de nombreux sirens y vivent… je suis persuadée qu'ils ont un lien avec les Crocs. Voire avec la Meute. Dans un cas comme dans l'autre, cela ne nous apportera que des ennuis.

Aller là-bas est une mauvaise idée.

Voilà justement pourquoi je vais le faire.

ÉPILOGUE

Quatre chevaux très imposants sont attachés à la roulotte, prêts à la transporter vers notre nouvelle ville.

Ils broutent paresseusement en attendant que nous fassions nos adieux.

Ryker est entouré d'une dizaine de chats. La moitié de sa famille a décidé de rester ici. Il les a confiés à la très compétente Tempête. Je suis triste qu'elle ne nous suive pas, mais elle est la miaouilleure dirigeante pour son clan.

Les autres chats sont déjà à l'intérieur ou sur la roulotte. Citrouille, le fils de Ryker, est installé sur l'un des chevaux. Je suis surprise que sa monture ne l'ait pas envoyé balader. Ceci dit, il est le genre de chaton à être ami avec tout le monde, y compris les chevaux.

Nous avons dit au revoir à Mini-Kat et tante Rose hier, donc il n'y a plus que les jumelles. Il m'a fallu de nombreuses heures de débat pour les convaincre de ne pas nous accompagner. Elles resteront avec Rose ces six prochains mois. Je n'ai pas réussi à négocier davantage. Après cela, elles auront le droit de décider si elles veulent toujours nous rejoindre ou si elles préfèrent demeurer où elles seront.

Rose a promis de leur trouver un tuteur. Comme j'ignore si elles ont eu le moindre enseignement, il est possible qu'elles doivent tout reprendre à zéro. Je n'ai reçu aucune formation scolaire moi non plus, mais gérer les affaires de *M.I.A.O.U.* m'a fait réaliser l'importance de s'y connaître en chiffres. Non pas que je les forme à devenir mes assistantes et à gérer l'administratif de la boîte. Pas du tout. Menteuse.

Elles se tiennent côte à côte, main dans la main. Je déteste les laisser ici, mais je fais ce qu'il y a de mieux pour elles.

Même si elles se comportent comme des adultes, ce sont toujours des enfants. Je ne peux pas prendre soin d'elles, pas alors que je chercherai notre dernière sœur.

Je me racle la gorge, ignorant quoi dire. Les au revoir, ce n'est pas mon truc. Je suis plutôt du genre à partir sans un regard en arrière. C'est une première. Enfin, une deuxième, si on compte la veille et mes adieux à Mini-Kat et tante Rose. Au moins, Mini-Kat est trop jeune pour saisir le concept de temps. Même si je ne la revois que dans six mois, ce sera comme si notre séparation remontait à hier, pour elle. C'est du moins ce que j'espère.

— Prenez soin de vous, leur dis-je avec maladresse. Évitez les ennuis. Essayez de ne tuer personne. Et si vous le faites, cachez le corps. L'acide fonctionne bien. Et si vous vous faites empoisonner, appelez-moi et je mettrai Bethany sur le coup. J'enverrai mon adresse et mon numéro à tante Rose dès que nous aurons trouvé un logement. Et si vous vous faites poignarder…

Gryphon pose son bras sur mes épaules. Je suis tellement perturbée que je ne l'ai pas senti approcher.

— Ce qu'elle veut dire, c'est que vous devez prendre soin de vous. Et que vous allez lui manquer. N'est-ce pas, Kat ?

Je hoche la tête.

— Oui, tout ça, exactement. Cela dit, j'étais sérieuse concernant l'acide.

Ivy éclate de rire.

— Merci. On t'appellera si on doit cacher un corps.

— Tu peux compter sur nous, ajoute Quatre en souriant. Et toi, fais gaffe à toi, maintenant que tu n'as plus Ivy pour te lécher.

Dégueu.

Je les étreins brièvement, puis rejoins la roulotte en vitesse. Je ne veux pas qu'elles remarquent mon malaise. Je déteste les interactions sociales. Je devrais peut-être me transformer et me rouler en boule sur le toit de la roulotte pour faire semblant d'être un chat qui n'a pas à traiter avec les gens.

Juste avant que je n'entre dans la roulotte, Quatre m'interpelle de loin.

— Hé, Kat ! Ça veut dire quoi, *M.I.A.O.U.* en réalité ?

Je souris.

— Tu n'as pas encore deviné ?

M.I.A.O.U.
Massacrer les Individus Apaise Ouvertement et Unifie.

FIN

Miaou ! L'histoire se poursuit dans Langue au chat, *le cinquième tome de la série. Pour toutes les mises à jour concernant Les Assassins à moustaches et mes autres livres, inscrivez-vous à ma newsletter: skyemackinnon.com/francais*

Kat aimerait aussi beaucoup que vous lui donniez votre avis. Sinon, elle risque d'aiguiser ses couteaux, alors ne la tentez pas. Elle est effrayante.

NOTE DE L'AUTEURE

Chers lecteurs,

Je n'en reviens pas d'avoir fini le quatrième livre de Kat. Au départ, il ne devait y en avoir que trois (d'accord, c'était censé n'être qu'un standalone à l'origine, mais dès que j'ai appris à connaître Kat, j'ai compris que ce ne serait pas possible). Maintenant, je sais qu'il y en aura sept au total. C'est bien ça, encore trois tomes des *Assassins à moustaches* !

Vous pouvez tenir Debbie Cassidy responsable pour ça. C'est mon amie et ma co-auteure. Quand je lui ai dit que je comptais rédiger un cinquième livre pour Kat, puisqu'il restait tant à raconter, elle m'a dit de transformer ça en histoire sur trois tomes. Donc si vous pensiez que le prochain serait le dernier (ce que je n'espère pas), c'est à elle que vous devez vous en prendre.

Maintenant que la Meute est détruite (enfin !), Kat et sa famille vont démarrer une nouvelle vie dans une nouvelle ville. Ce qui ne veut pas dire que tout sera facile, évidemment… loin de là. Il y aura d'autres assassinats, des espions aux pattes de velours et même un vol de diamant.

La place que Kat a prise dans ma vie est plutôt étonnante. Cela fait plus de neuf mois maintenant que j'écris des livres sur elle. En ce moment même, je bois dans ma tasse M.E.O.W. Je possède deux tee-shirts à l'effigie de Kat et de M.E.O.W. (disponibles sur ma boutique Redbubble). Et il y a même un aimant chibi Kat sur mon frigo. Si je n'y prends pas garde, je vais finir habillée comme elle à ma prochaine dédicace…

J'espère que vous continuerez à suivre les aventures de Kat, malgré les cadavres qui s'accumulent. Je m'excuse auprès de tous les végétariens et les végans qui auraient trouvé sa soif de sang un peu trop insupportable (désolée, Renée !). Et oui, j'avoue, j'ai un peu pleuré en écrivant le chapitre 20. J'aurais préféré raconter quelque chose de plus positif, mais Kat avait d'autres projets.

En tout cas, il est temps de commencer *Langue au chat*…

Plein de câlins duveteux à vous,

Skye

À PROPOS DE L'AUTEURE

Skye MacKinnon est auteure de best-sellers. Ses livres racontent l'histoire d'héroïnes qui n'ont pas d'autre choix que de s'impliquer.

Elle revendique avec fierté son héritage écossais, utilisant les fantastiques décors de son pays et une pointe de mythologie, que ce soit pour parler de dieux celtes, de chats métamorphes ou des rues d'Édimbourg.

Lorsqu'elle ne se trouve pas dans son café préféré pour écrire ses livres, Skye adore la mangue séchée, ainsi que les thés exotiques, dont elle a rempli son placard jusqu'à ce qu'il n'en rentre plus aucun sachet. Ce qu'elle aime par-dessus tout, c'est être recouverte des poils de son chat démoniaque.

skyemackinnon.com/francais